中公文庫

他《た》諺《げん》の空《そら》似《に》

ことわざ人類学

米原万里

中央公論新社

目次

Ⅱ 二〇〇四 105

他諺《たげん》の空似《そらに》

ことわざ人類学

I

二〇〇三

「医者《いしゃ》の不養生《ふようじょう》」

「ママ、ママ」出張先から帰宅するなり、娘が駆け寄って来て、私がコートを脱ぐあいだも息継ぎするのも忘れてしゃべりまくる。「きのうママがお留守のあいだにね、パパったら綺麗なお姉さんを連れてきたの。それでね、リビングのソファーでね、一緒に横になってね、お姉さんたらスカートまくり上げちゃったの。それで股のあいだにね……」

　ここで娘は肺に溜めていた空気を使い切ったらしく、息を吸い込んだので、抱きしめて言った。

「はるかちゃん、もうすぐパパがお仕事から帰ってくるでしょう。お話の続きはそのときにしてね」

　まもなく夫が帰宅し、親子三人で夕食の卓を囲んだ。頃合いを見ておもむろに娘を促した。

「はるかちゃん、ママがきのう留守していたときに、パパが何をしていたのか、話してちょうだい」

　夫は飲んでいたみそ汁を喉《のど》に詰まらせて咳《せ》き込むが、娘は得意になってしゃべり始めた。

「……パパったら、お姉さんの股のあいだにね、ほら、パパが出張中にママがよく連れてくるオジサンのものを口の中にくわえるでしょう。あれと同じものを突っ込んでたみたいなんだ」

右は最近離婚した女友達Fから聞き出した離婚の発端。ちなみに別れた夫は彼女の二十何人目かの男で八歳年下、初婚から数えて七人目の夫だった。

「あいつの純粋さに惚れて結婚したのに、若い女と浮気しやがって、許せないわ‼」

Fはひとしきり息巻いたものの稼ぎのいい前夫と別れるや生活水準が急降下したのだろう、今更ながら、「やぶ蛇だったんだよねえ」などと口惜しげである。思わず、

「ちょっと、やぶ蛇ってのは違うんじゃないの⁉」

と茶々を入れた。Fのノー天気な自己中心主義は、観察する分には面白いのだが、諺《ことわざ》の使い方が間違っているとなったら話は別だ。

やぶ蛇＝藪《やぶ》をつついて蛇を出す。基本的には、雉《きじ》も鳴かずば撃たれまいと同じく、安全第一、危険回避を説く触らぬ神に祟《たた》りなしとか君子危うきに近寄らずと、飛んで火に入る夏の虫（自ら進んで自滅へ向かって突き進む）の中間に位置する諺で、自分の余計な言動で無用な災難を招く愚かさを戒めている。世界五大陸にまたがって類諺がゴマンとある。

愚か者はスズメバチの巣をもぎ取る（フィリピン）／去っていく虎に小石を投げる（イ

ンド）／痛みのないおできを爪楊枝《つまようじ》で刺す（カンボジア）／オオカミが怖いくせに森に行く・カササギは鳴き声で巣の在処を教えてしまう（ロシア）／虎が徘徊《はいかい》する所に行って不運と嘆く（ミャンマー）／蛇の口に手を入れるな（フィリピン）／ゴミ捨て場をつついてゴミまみれ（ネパール）／刃物で遊んで怪我（ベルギー）／喧嘩の仲裁して殴られる（アラブ）／ハイエナの相撲を羊は見に行かない（セネガル）／ジュピターから離れていれば雷に打たれない・水死を恐れる者は井戸に近づかない・寝ている犬はそのままにしておけ・睡眠中のライオンを起こすな（イギリス）……ふと、Fがセクシーな口元を半開きにしたまま怪訝《けげん》な視線を向けているのに気付いて弁明。

「あんたの場合は、むしろ、盗人猛々《ぬすっとたけだけ》しいとか、自分のことは棚に上げてって言うんじゃないの？」

「ハハハハ、何よ、それ⁉ 言ってくれるじゃないの」

「彼の浮気を裁ける立場じゃないでしょうが」

「医者の不養生・坊主の不信心・昔よりして然りと『風流志道軒伝《ふうりゅうしどうけんでん》』にもあるでしょうが。浮気性の人間に限って、他人の浮気は許せないものなの」

いやはや自分の欲望に素直なFの言うことはさすがに正しい。他人に立派なことを説く者に限って自分は例外にしがちというのは、結構当たっている。野村沙知代もデヴィ・スカルノも説教垂れるの大好きだものなあ。裁判官、警官、学校の先生による買春、セクハラは毎日紙誌面を賑わしてくれているし。かくしてこの類の慣用句はウンザリするほどある。

陰陽師《おんみょうじ》（易者）身の上知らず・礼法師の無礼・儒学者の不身持ち・算術者の不身代・医者の若死に出家の地獄（医者は不養生して若死にし、僧侶は堕落して地獄に堕ちる者が多い）等々……。他人を救う立場にある者も、自分を救うことは難しいという真理は無論、日本列島の住民だけに限られたことではない。

説教者は自分では説教を聞かないものだ（ドイツ）

占い師の娘は未亡人、薬師の首には瘤《こぶ》（インド）

呪術医、自らは治療せず（スワヒリ）

summae opes inopia cupiditatum＝最大の財産は欲望の欠如と禁欲を説いたストア派の哲人セネカは、蓄財の才に恵まれ、その財貨は時の皇帝を凌《しの》いでいたし、現代でも通用する画期的教育論『エミール』を著したルソーは、自分の子供たちには冷酷きわまる父親だったらしいし、快楽としてのセックスを全面否定した『性欲論』を書いたレフ・トルストイは、何人もの農奴女を欲望の赴くままに手込めにしていた。

核兵器を用いて大量殺戮《さつりく》した世界初にして唯一の国アメリカほど他国の核開発や保有に対する懲罰に熱心な国はない。「同時多発テロ」への報復と称して公然と地球規模のテロを展開したかと思ったら、イラクが核兵器、生物兵器、化学兵器（いずれも最初に人類に使用したのは米）などの大量殺戮兵器を隠し持っていることを理由に、すでに一五万の兵力を湾岸周辺に配して攻撃の準備万端整えている。

広島に原子爆弾が落とされて一瞬にして一四万の命が奪われたが、一二年前の湾岸戦争のときに、イラクではたった四二日のあいだに、多国籍軍の空爆によって一五万～三〇万人の市民が殺戮されている。あのときアメリカ軍を中心とする多国籍軍は、のべ一二三万回にも及ぶ出撃を繰り返し、昼となく夜となく空爆を続けた。その結果、人口わずか一六〇〇万のイラクに、八万八〇〇〇トンにものぼる爆薬が投下された。広島型原爆の六倍に相当する分量である。

国連は二〇〇一年、「経済制裁によるイラクの死者の数一五〇万、内六二万人が五歳以下の子供だった」と発表。経済制裁の影響で病院には医薬品が不足し、慢性的な栄養失調状態にある子供たちが風邪や下痢などの簡単な病気でバタバタと死んでいく。

死因はそれだけではない。湾岸戦争後、イラク各地の住民に白血病、ガンの罹患率が急増し、奇形児誕生の確率が上昇している。子供の白血病急増に対処するため、九三年にバグダッドの二つの病院に白血病病棟が新設されたほどである。激戦地となった南部のバスラという都市の、湾岸戦争前の一九八八年の、ガンによる死亡者数は三四人だったのに対して、戦後五年が経過した一九九六年には二一九人と激増、二〇〇〇年には五八六人に達している。

この異常なガンによる死亡率急増の原因は、多国籍軍が湾岸戦争時、初めて砲弾として利用した劣化ウラン弾にある可能性が極めて高い。劣化ウランは、核燃料や核兵器用にウランを濃縮させるプロセスで出る放射性廃棄物。軍需産業は、その硬くて重い性質に目をつけ、弾薬に転用した。激突により猛々しく燃焼し、微粒子となって大気、土壌、水を汚染する。

湾岸戦争時、イラクの大地に投下された総量は三〇〇トン以上。広島に投下された原爆の一万四〇〇〇倍から三万六〇〇〇倍の放射能原子がばらまかれたことを意味する。この微粒子が体内に入れば、金属毒と相まって、ガン、白血病、肝臓・腎臓障害、腫瘍、奇形児出産を誘発する。

つまり劣化ウラン弾は立派な核兵器で、湾岸戦争時にアメリカはすでにそれを大量に使い、湾岸後の一二年間もイラクに対する空爆を断続的に行う中で使い続けている。今回はそれを大がかりにおおっぴらに強行するに過ぎない。だからブッシュがサル面を上気させながら、フセインをなじるのをテレビ画面に見るたびに、やましい者は疑い深いというイタリアの諺を思い出す。次の瞬間、果たしてブッシュの脳みそにやましさなんて殊勝な感情が去来しうるのだろうか、という疑問に囚《とら》われるのではあるが。

二月一四日から一六日にかけて、世界中で一〇〇〇万を超える人々がイラク攻撃に反対してデモに参加した。ロンドンで二〇〇万、ローマで三〇〇万。ローマのデモ隊のプラカードに、ラテン語で、medice cura te ipsum＝医者よ、自分自身を癒《いや》せ！　とあって、わが同志を得た思い。出所は、新約聖書のルカによる福音書第四章の二三。「他人を責める前に自分を正せ」という意味で用いられている。

イエス・キリストが、そう戒めているのかと思いきや、念のため原典にあたると、イエスが故郷ナザレに赴いてそこの人々に歓迎された時に、「どうせ、医者よ、自分自身を癒せという諺を引いて、他の地で私が行った奇跡を郷里でもやって見せろと言うのでしょう。でもね、そもそも預言者は、自分の郷里では歓迎されないものなんですよ」と立ち去っていくときに吐いた嫌味な捨て台詞《ぜりふ》の一部だったのだ。どうやらイエス自身が医者よ、自分自身を癒せと戒めたのではなく、聴衆の思いを言い当てて、それには応じられないと断っている。敢えて深読みするならば、医者はそもそも自分自身を癒したりできないものと言っている。まさに医者の不養生と同義。伝播《でんぱ》したというより、たまたま別な時代、別な場所で同じ諺が生まれたのだろう。人にエッラソーに説教をする立場というのは、いずこでも嫌われやすい。

もっとも類諺に医者の自脈効き目なし（医者は自分の病気となると、うまく治せない）というのもあって、これは、医者の友人も認めている。

「自分だけでなく、自分の肉親のことになると、冷静になれなくてね。ちゃんと治療できる自信ないいな」

一方で、患者にはどんどん風邪薬を処方して金儲けしているくせに、自分と自分の家族にだけは、

「あんなもの全く効かない、百害あって一利なし」

と絶対に飲ませない医師もずいぶんいる。医者や薬屋は病気になっても薬を飲まないとスペインの諺も説く。その点で、自分の子を使って天然痘ワクチンの効用を証明したとされるジェンナーや、実母や妻の身体で麻酔薬の実験を繰り返した華岡青洲《はなおかせいしゅう》はアッパレというか、冷酷というか。

もっとも、医者の不養生には、もうひとつ、自分の技術が他人のためばかりに使われ、自分はついあと回しになる、いつでも出来ると思っているうちに結局手を打てずに終わってしまう、という医者に対してもう少し「好意的な解釈」もあって、これに類似する慣用句も掃いて捨てるほどある。

紺屋《こうや》の白袴《しろばかま》・髪結いのみだれ髪・大工の掘建《ほったて》・かごかきかごに乗らず・紙漉《かみすき》の手鼻等々。

このバリエーションは世界各地にある。

仕立屋のズボン持たず・長靴づくりの長靴持たず（ロシア）／靴屋の女房はボロ靴履いてる（イギリス）／靴屋の靴には踵《かかと》がない（イラン）／靴屋は靴を履かずに歩く（ポーランド）／靴屋は裸足で歩く（ジプシー）／靴屋が一番よくない靴を履いている（フランス）／靴屋のぼろ靴、仕立屋の継ぎ当てズボン、鍛冶屋の女房の鈍ったナイフ（フィンランド）

世界最古の職人芸だけあって、鍛冶屋や陶工のバリエーションもやたらに多い。

鍛冶屋の刃物は錆びている（フィリピン）／鍛冶屋の馬と女房は裸足で歩く（チェコ、スロバキア）／鍛冶屋の家では木のナイフ（コスタリカ）／油屋の車は軋《きし》み、鍛冶屋は刃物を持たない（コミ族　ロシア）／陶器師は壊れた器で水を飲む（アフガニスタン）／壺作りは壊れた壺で水を飲む（イラン）／陶工は割れ土器で食べる（タンザニア）／大工の家には座る腰掛けが無く、油屋の女房は水で髪を梳《と》かす（チワン族　中国の少数民族）

ロシアテレビのR会長に通訳として随行して日本最大手の広告代理店D社を訪問した折に、ロシアという新市場への参入をはかるD社が、自社をアピールする目的で制作したビデオを延々と見せられたのだが、R会長があくびを噛みしめながら呟いた。

「他人の宣伝を請け負っている会社に限って、自社の宣伝は下手なのね」

「寄《よ》らば大樹《たいじゅ》の陰《かげ》」

六年ほど前、大学の先輩で長年某老舗商社の名物社員だったMさんの送別会がもたれたことがある。

「何を今更、商社員に海外出張や海外赴任は日常茶飯でしょうが。どうせ飲み会の口実でしょう」

声をかけてくれた幹事のS君に言いかけて、口をつぐんだ。手渡された案内状の文面から「ヴラジヴォストーク市」という文字が飛び込んできたからだ。

「まさか……冗談でしょう。モスクワ支店長もつとめたことがあるMさんを」

「体《てい》のいい肩たたきだと思うんだ。まあ、オレもそろそろかなあ」

S君は力無く微笑んだ。

送別会でも、友人たちの誰もがMさんに同情した。

「あいつも今まで気味悪いほど順調だったのに、ついに運に見放されたか」

豪放磊落《らいらく》な快男児として慕われてきたMさんも、この時ばかりはかなりびびっていた。

「生きて帰れるかどうか……」

冗談ぽい口ぶりだが、声は悲痛だし、目は真剣そのもの。

「でもね、ほらオレ再婚だから、子供はまだ小さいし、家のローンはいっぱい残ってるし……」

声を詰まらせてグイッと杯をあおった。Mさんは死地に赴く、その場にいた誰もがその時そう思った。

帝政時代に太平洋に開かれた不凍港として建設されたヴラジヴォストーク市は、ソ連時代は太平洋艦隊の基地となり、外国人の出入りを禁止したいわゆる閉鎖都市だった。ゴルバチョフのペレストロイカが始まってしばらくして閉鎖を解かれた時は、画期的な出来事として騒がれたものだ。

ところが、たちまちソ連中のマフィヤが集結し、ソ連邦崩壊以降は、激動のかの地でももっとも物騒な街となった。日本や東南アジア諸国から持ち込まれる中古車をはじめとする大量の物品が、原価の数百倍、いや数千、数万倍の価格で取引されるのだから、当然ではある。利益の匂いを敏感に嗅ぎ付けて群がってきたのだ。

経済が破綻し、貧富の差が急激に開いたことによって社会不安が広がる中、ただでさえ犯罪率がものすごい勢いで上昇するところへ、マフィヤ同士の縄張り争いが日常化するのだから、たまったものではない。

そこへ明らかに金を持つ無防備な日本人が乗り込んでいくのだ。狼の群れに飛び込む兎、狐の群れに投げ入れられる鶏、猫の群れに放たれる鼠、蠅たたきの下に飛び込む蠅。標的にならない方が不思議である。

それに、外国人が居住するようなホテルにせよ、住宅にせよ、必ずマフィヤ同士の分捕り合戦の対象になっているから、いつ流れ弾に遭うやもしれない。彼を送り出す商社が防弾チョッキを配給したと聞いた時には、私も膝が震えた。

そのMさんから赴任後半年ほどして電話がかかってきた。声が拍子抜けするほど陽気である。

「いやあ、米原さん、寄らば大樹の陰ですよ」

何だか心配してあげて損したなあと思ったほど嬉々としている。そんな私の胸中など察するはずもなくMさんは得意げに話を続ける。

「てゆうか、灯台もと暗しってのかなあ。クックックックックッ。要するにだねえ、この街最大最強のマフィヤが直接経営するマンションに入居したんですよ。これ以上安全なところはないんだな。警察なんかよりはるかに頼りになるんだよ、これが」

似たような話は、モスクワで日本食レストランを経営するDさんからも伺ったことがある。マフィヤに所場代を払うのを拒み続けたのだが、支配人が誘拐されたところで、抵抗を諦め、泣く泣く傘下に入った。そしたら、意外に楽になったというのだ。警察からさんざんワイロをせびられていた以前よりも、所場代の方が安上がりだし、己の利害が絡んでいるから警察のようにおざなりではなく徹底的に守ってくれるし。

思えば、戦後日本が選択した生き方は、まさにこれであった。世界最強の暴力団＝アメリカ合衆国の傘下に入ることによって、自国の安全をより確実にしようとはかったのだ。現在の世界でアメリカを敵に回した国が被る悲惨な仕打ち（日本の広島、長崎への原爆投下に東京大空襲、朝鮮戦争時の北朝鮮〔朝鮮民主主義人民共和国〕への絨毯爆撃、ベトナム戦争時のナパーム弾や枯れ葉剤など核兵器を除く最新化学兵器を動員した北ベトナムとゲリラ支配地域への空爆、湾岸戦争時のイラクへの劣化ウラン弾をも含む猛爆、ユーゴ・セルビア人地域への三〇〇〇回以上に及ぶ空爆、同時多発テロへの報復と称して強行されたアフガニスタンへのクラスター爆弾、燃料気化爆弾の投下）を見るにつけ、それなりに賢明な選択であるのやもしれない。

今回だって、国際世論の反対を押し切り、国連安保理の同意を得ないままイラクへの攻撃を始めた米国に、小泉内閣が自国民に説得も説明もしないまま追随したのは、国連中心主義なんてのはあくまでも外面を慮《おもんぱか》ってのことで、日米同盟こそ国是《こくぜ》と心得てのことだろう。世界中の笑いものになったって構わないではないか。アメリカのご機嫌さえそこなわなければいいのだもの。日本はアメリカの属領に過ぎないのだし、属領に外交も国際的評判も必要ないし、外務省の存在価値だって実はない。せいぜい日本があたかも独立国であるかのような振りをするためのアクセサリーのようなもの。おそらく多くの日本の賢

明な指導者も国民も、それを十分に自覚しつつ、

「この弱肉強食の地球上で完全な独立国になって、日本がやっていけるわけない。軍備だって外交だって桁違《けたちが》いに金がかかる」

というリアリズムに基づいて、政府のする独立国の振りを信じている振りをしているのだから。

そういう日本を、「犬」とか「ポチ」なんて蔑《さげす》むコメンテータがいるけれど、あれは失礼ってものである。犬に対して。犬は無力でダメな飼い主にさえ終生忠誠を貫くが、日本が身も心も捧げてお仕え申し上げるのは、あくまでも世界最強の軍事力を誇る国。どうせ頼るなら、力の大きなものに頼るべきではないか。同じ助けを乞うなら、力の強い者から、安全で大きな助けを得た方が利口である。そもそも寄らば大樹の陰とはそういう処世訓を説いているのだ。単なる忠犬ではダメ。犬になるなら大家の犬になれである。箸と主とは太いがよいとも言う。

これは権力者や力の強い者に反抗しても勝ち目がないので、相手のいいなりになっている方が安全という意味でしばしば使われる長いものには巻かれろとか、無理無体な権力者はやり過ごすしかないと説く泣く子と地頭《じとう》には勝てぬとかいう、どちらかというと受け身な諦念の境地を表した諺に較べると、より積極的に権力者に擦《す》り寄る感じがよく出ている。

実はロシア語には、人口に膾炙《かいしゃ》した類諺が見当たらない。それで英語を調べたところ、

鶏口となるも牛後となるなかれに相当する獅子の尻尾になるより狐の頭になる方がよいを逆転させた狐の頭になるより獅子の尻尾になった方がいい・ロバの頭になるより馬の尻になった方がましなんて諺が辞典類には載っていた。それで、知人友人のアメリカ人、イギリス人、オーストラリア人などに確かめてみると、「へえーっ、そんな諺あったの知らなかったよ」と感心されてしまったぐらいに普及していないのだ。スペインにも大きな流れに逆らって泳ぐのは慎重な男のすることではないという諺があるにはあるが、「スペインでは少数派」ということわりが諺辞典に付いている。

欧米以外の世界各地を見回しても、意外に同じ趣旨の諺は少ないのだ。せいぜい、卵を石にぶつけるな（カンボジア、セネガル）／トウモロコシの種は鶏と議論しない（コートジボワール）／鶏の怒りには料理人は動じない（セネガル）／良い木に近づけば、良い日陰（コスタリカ）／力ある主人の牛は肥えている（スリナム　南米）／大きな石には影があり、影はぜんぜん重くない（ブラジル）／火のそばでは寒さ知らず（チリ）、ぐらいである。もっともトルコの頭がどこへ行っても足はついてくるには、どんなアメリカの無理無謀にも追随していく、小泉首相や川口外相の、完全に考えることを放棄した虚《うつ》ろな目つきと顔面筋肉の弛緩から来る薄ら笑いを思い起こして笑ってしまった。

ついでにモンテスキューが『法の精神』第四篇第三章に記した有名な言葉を思い出したのだった。

極端な服従は、服従する者の無知を前提としている

当初の楽観論がくじかれて焦る米英は、劣化ウラン弾や、核爆発並みの破壊力を持つ燃料気化爆弾、デージー・カッター、細かい地雷となって連鎖的に多くの人々を殺傷するクラスター爆弾、地中を貫通するバンカーバスター爆弾などをすでに使用している。この大義なき戦争犯罪に日本が荷担する唯一説得力のありそうな「理由」が、「日本が北朝鮮からの攻撃を受けた場合、アメリカに助けてもらわなければならないから」

といういかにもせこくていじましいものなのだが、結構知識人と思われる人たちがコロリとこの「論理」に納得している。シビアなリアリズムに見えて、これって、モンテスキューの言う通り、極端な服従で視野が狭くなった故の無知、つまり井の中の蛙《かわず》大海を知らずなのではないかしら。ここまで、露骨に、「自分さえよけりゃ、理不尽な空爆でイラク市民を殺戮する英米を支持するのも致し方ない」

という立場を国際的に明らかにしたのでは、日本が北朝鮮からどんなひどい目に遭っても国際的同情や協力を得にくいのではないかしら。北朝鮮が日本の主権を侵して工作員を送り込み、日本人を拉致したり、テポドンやノドンを日本めがけて発射したりする無理無体を厚かましく続けられるのは、親分のアメリカが看過している限り、日本は強くは出な

いと舐《な》められているからだし。それにアメリカの助け方って、いつも無差別な大量爆撃、大量殺戮という馬鹿の一つ覚え。蚤《のみ》一匹殺すために猫も殺してしまうやり方。金正日転覆のために金正日体制下に苦しむ民衆をも殺傷するというやり方しかできないではないか。それより、国連、それに金正日と因縁浅からぬロシアと中国、韓国との連携によってじわじわ金正日を追い詰めていった方が有効かもしれないではないか。少なくとも、今回の無条件の対米追随でそういう可能性を自ら閉ざすのは何とももったいない。

ところでモンテスキューは先の文章に続けて次のように述べている。

それはまた、命令する者の無知さえ前提とする。命令者は検討したり、疑ったり、理性を働かせたりする必要はない。ただ欲しさえすればよいのだ。

折しも、国際原子力機関（IAEA）の高官は三月二五日（二〇〇三年）、米国がイラクの核開発の証拠の一つと主張していた文書が「インターネットで数時間の確認作業をすれば偽物とわかる、あきれるほどの稚拙な偽造」だったことを明らかにした。ロイター通信によると、文書は「イラクがニジェールから五〇〇トンのウラニウムを輸入しようとしていた」とするものなのだが、引用されているニジェールの旧憲法条文は、すでに憲法そのものが無効となっているし、大統領の署名は明らかな偽造。外相名の文書では、署名がすでに退任した元外相の名前だったほか、使われた用紙もすでに存在しない「最高軍事評議会」のものだった。

国連でのパウエル報告の引用元となったイギリス課報機関の「機密文書」も、半分以上が、イラク系アメリカ人大学院生による論文からの丸写しと判明し、英政府もその事実を認めている。しかも、情報は湾岸戦争当時の古いもので、英課報筋がイラクの悪印象を演出するため字句の改竄《かいざん》を加えている。

これほど稚拙な偽造で国際社会を欺けると思い上がるブッシュ政権の無知蒙昧《もうまい》は、対等な反論者による民主主義のレッスンを経なかった者だけが持ちうるお目出度《めでた》さから来るものだし、そんな偽の根拠に基づく破廉恥な情報操作によって国際法違反の政権転覆戦争をしかける親分の言葉を受け売りして自国民を納得させられると思い込む小泉政権の痴呆症状も深刻だ。まさに無知の二重奏である。

「馬鹿《ばか》と鋏《はさみ》は使《つか》いよう」

前世紀の八〇年代、とあるシンポジウムで、ソ連の高名な宇宙飛行士が、宇宙船ミールにおける資源リサイクル・システムについてスライドを駆使して報告をしたことがある。実は資源リサイクルという点では、宇宙船は最先端を行く。地球から宇宙船までの運搬コストは恐ろしく高いので、宇宙船の開発当初から資源の有効活用は最重要なテーマであり続けたからだ。

壇上で得々と報告をする同僚を尻目に、隣席に座る宇宙飛行士が、私に話しかけてきた。

「あいつぁしゃべらねえけど、実は一つだけ宇宙船搭乗者たちの頑強な反対にあって却下されたリサイクル・システムがあるんだ。学者先生方は、これはもう完璧なシステムだと大威張りだったんだが、われわれはいつになく結束して抵抗した。奴らに言ってやったんだよ。『そんなに結構なものなら、ご自分たちでご愛用になったらいいんじゃないですか？』ってね。そしたら、やっと却下されたよ。何だと思う？」

「そりゃあ察しがつくわよ、オシッコでしょ！」

「図星。あいつら尿を飲料水にするシステムなんぞを開発しやがって、クソーッ！」

「あら、日本では最近、自分の尿を飲む健康法が一部でブームになっているのよ」

「おいおい嘘だろ……えっ、ホント？　うーん、まっ、世の中リサイクル・ブームだからな。ウンコをリサイクルして食わされること考えたらましってことか」

「そうかな。日本では最近まで人糞を人の食物としてリサイクルするシステムが理想的に機能してたのよ」

「……」

「農産物経由でね。とにかく貴重な肥料だったのよ」


最近またこの有機農法が見直されてきて、溜めれば便秘、出せば資源とか、捨てれば環境汚染も分別《ぶんべつ》すれば資源とか、資源の再利用、有効活用を説く標語が目につく。身の丈をはるかに超えた消費を繰り返す現代人は、すさまじい勢いで地球資源を食い尽くし、あわせてゴミの加速度的増大に寄与している。ゴミは居住空間を圧迫し、ゴミ処理に伴う環境汚染はいよいよ深刻になってきているのだから、リサイクルが脚光を浴びるわけである。捨てられる運命にあるものを資源として再利用することで、枯渇しそうな地球資源の保全にも役立つというわけで、一石二鳥である。一つの石で同時に鳥を二羽しとめるという石とエネルギーの効率的運用を物語る慣用句。四文字熟語なので漢語起源かと思ったら、明治初頭に英語の To kill two birds with one stone を翻訳したものが敗戦後に広まったみたいで、字句通り同じ慣用句はヨーロッパ、南米、アジア各地域にある。字句は異なるが、趣旨は同じなのもゴマンとある。とくにユニークなのをあげると、**婿のために煮た汁を客に出す**（インド）／**象は水を飲むとき同時に長い鼻の掃除もする**（コートジボワール）／**メッカに巡礼ついでに商売もする**（イラン）。

一方でリサイクル理念をピタリと言い当てたとも、リストラ時代に打ってつけともいうべき**捨てる神あれば拾う神あり**の類諺は、他の地域に見当たらない。

「八百万《やおよろず》の神のいた日本ならではの着想で、唯一神・絶対神の宗教のところでは想像もできないであろう」（時田昌瑞著『岩波ことわざ辞典』）と悦に入る学者もいるぐらいだ。でも、唯一絶対神を崇《あが》める文明圏においては、天地そのものを神が創造したのだから、そこに存在するものはことごとく何か意味がある、無いはずがない、という確信みたいなものを人々は抱いている。

存在するものは全て役に立つ All things in their being are good for something という諺もあるくらいで、フェデリーコ・フェリーニの映画『道』の中にも、この思想は顔を見せた。口減らしのために、粗野な旅芸人ザンパノにはした金で売られて助手兼情婦をさせられているブスで知的障害の女主人公ジェルソミーナが、あこがれの綱渡り芸人から慰めとも励ましともとれる言葉をかけられる名場面がそうだ。

「この世の中にあるものは、みんな何かの役に立つんだ。……どの石ころだって何かの役に立っている」
このあたりは、一見ちっぽけで下らないものにも心や意地はあるものだと説く一寸の虫にも五分の魂に限りなく近くなり、この類諺は世界各地にある。どんな小さな草にも影がある（ルーマニア）／蟻にも心（クロアチア）／ミミズやウジ虫だって歯向かってくる（イギリス）。

馬鹿と鋏は使いようもまた、ものを気楽にポイ捨てしたり、人をリストラしたりすることを戒め、資源の有効活用を説く諺で、実に普遍的な真実を言い当てているのだが、今のところ、日本以外の地域に類諺《るいげん》を探し当てられず。もっとも、諺化していないからといって、切れない刃物や無能な者を使い方次第で役立てる精神や試みまで皆無というわけではない。

たとえば、二〇〇〇年のアメリカ大統領選は、モニカ・ルインスキースキャンダルのおかげで共和党には絶好のチャンスが訪れ、ここで強力な候補を立てれば圧勝楽勝だったというのに、なぜよりによってブッシュ・ジュニアのような、政治、経済、法律、外交のどれをとっても無能な候補を立てたのか、私にとっては長いあいだ大きな謎だった。

二〇代と三〇代に飲酒運転で逮捕歴があり（妻のローラも一七歳のとき飲酒運転で級友をひき殺している）、名門エール大には金と権力を持つパパのコネで潜り込み、勉強せずに遊び惚けていてコカイン吸引で有罪判決を受けたという疑惑を未だはらしていないどら息子。大学卒業後も酒びたりの自堕落な生活を送り、ベトナム戦争中もパパのコネでベトナム行きを免れ、パパの全面支援のもと下院議員選挙に立候補したものの落選、またまたパパの人脈を頼りに石油ビジネスを手がけるも二回も会社を倒産させ、その尻ぬぐいもパパの息のかかった銀行や同業他社にしてもらったという、何一つ自分の失敗の責任をとったことのない男。さすがのパパも息子にはまともなビジネスは無理と悟り、大リーグ球団テキサス・レンジャーズの株を買い取って共同経営者に据えた。四〇歳になるまで、金と権力を持った身内のコネに頼りきりで仕事らしい仕事をしたことがない、まさに**金さえあれば馬鹿も旦那**を地でいく男。テキサス州知事になってからも、知事としての実務に無関心で、政策の勉強を嫌いだと公言し、「これほどまでに政策や国家運営の業務にうとい人物が、州知事はもとより、なぜ、よりによって大統領の座に就きたいと思っているのか」と周囲に不思議がられている。「なぜ読み書きしゃべる能力が小学生レベルの、知性も才能も勤勉も努力も欠如した男を」と。

当然の帰結として、未だにアメリカにはブッシュを大統領として認めない人がいるように、二〇〇〇年一一月七日の投票から一ヵ月以上かかるほどに開票は混乱した。そして合衆国最高裁にいるパパのお友達のおかげでようやく当選が認められた。就任後も支持率は低迷。なぜ絶好のチャンスに共和党はよりによってこんな男を、と私ならずとも不思議に思うのではないか。

大統領になってブッシュがまず内政面で行ったのは、貧困対策、児童に対する健康保険、公害などの社会問題に関してテキサスを全米で最低ランクにした実績を連邦レベルでも継承することだった。即ち、環境保護、保健衛生、教育などの事業計画をストップし、予算をカット。各委員会の責任者に任ぜられたのは、環境保全にも勤労者の健康、教育、福祉にも無関心な、巨大財閥関係者ばかり。

外交面では、京都議定書への参加を拒否するとか、包括的核実験禁止条約（CTBT）や対弾道ミサイル（ABM）システム制限条約からの一方的離脱によって、これまでの環境保全、軍縮のための国際努力を水泡に帰してあからさまな軍拡路線を歩み出した。

不人気の絶頂にあったブッシュに天恵のように降り注いだのが、9・11。その後の強硬姿勢と報復戦争が評価されて、支持率はうなぎ上り。「一番得をした者が怪しい」という最もオーソドックスな犯人特定法に従うならば、タリバンも、ビンラディンも、ましてやフセインもツインタワーを破壊する理由を持たないことになる。9・11はアメリカによる自作自演だとする説がアメリカ本国でも広まっている。

不思議なことに同時テロの直後に、すでにフセインの名がブッシュの口から漏れ、あたかも予《あらかじ》めシナリオに書かれていたかのように「イラクこそ犯人」と決めつけた。次にビンラディンが犯人と決めつけられ、「証拠を示すならビンラディンを引き渡す」というタリバンの真っ当な要求を蹴って、アフガニスタンに対する猛爆を開始。タリバン政権を蹴散らしたと思ったら、間髪を入れず、国際世論の反対を無視し国連の同意も得ずに、イラク攻撃を開始し、バグダッドを征服した。

メディアはほとんど報道しないが、湾岸戦争後もアメリカは絶えずイラクへの空爆を続けてきていた。バグダッド征服でメディアの注目が引いた後も、空爆を続けている。ちょうどアフガンでも未だ空爆を続けているように、今後長期にわたって空爆を続けるのだろう。連邦予算の五〇パーセント以上を軍事支出が占め、経済が戦争依存体質のアメリカは、慢性的に兵器の大量消費をし続けずにはいられない。

ここで、ようやく私も分かりかけてきた。イラクの石油利権を支配下におくだけでなく、石油価格を恣《ほしいまま》に牛耳ることで、世界経済に対する覇権を維持し続けたいアメリカの軍産複合体にとって、お馬鹿なブッシュが理想的な大統領である理由が。なぜブッシュでなくてはならなかったか、そして、彼が馬鹿であるからこそ、共和党とそのバックにいる軍産複合体には都合が良かったということが。理由を以下列挙する。

1　ブッシュ・ファミリーそのものが石油関連企業のオーナーである（ちなみに、チェイニー副大統領、ラムズフェルド国防長官、エバンス商務長官、ライス補佐官などブッシュ政権スタッフはいずれも石油あるいは軍需会社の経営者または大株主である）。

2　もともとアメリカの傀儡《かいらい》だったフセインとの戦争は、ブッシュ・ファミリーにとって良き伝統である。
3　フセインに個人的恨みを抱いている。パパの暗殺未遂事件を起こしたということで。
4　自身はベトナム戦争時もパパの配慮で戦場行きを免れたため、戦争とはいかなるものかという知識も経験も無い（ちなみにチェイニー副大統領、ラムズフェルド国防長官、ウォルフォウィッツ国防副長官ら、対イラク主戦論の超タカ派はいずれもベトナム侵略戦争などで兵役を逃れたか兵役経験のない者ばかり）。
5　歴史と地理に疎く、イラクについても中東についても、地理的位置や、ましてや歴史、文化について無知無関心である。
6　教会に通い、毎晩寝る前にお祈りし、ことあるごとに信仰の大切さを口にする敬虔《けいけん》なキリスト教徒で、自分は世界をテロリズムから解放すべく神聖な任務を神から授けられたと思い込んでいる（四〇歳を境にブッシュは原理主義的傾向の強いメソジスト派に改宗）。
7　法律に関する知識がほとんど無く、かなり気楽かつ乱暴に国内法（これは彼の三度にも及ぶ逮捕歴からもうかがえる）も国際法も破ることが出来る。
8　ほんとうに無知無能なために、絶えずサポートと尻ぬぐいを必要とし、従って操縦しやすい。

　というわけで、ブッシュは、本人も国際貿易センターの瓦礫《がれき》を前にして一度口が滑ったように、現代版十字軍の旗手（実際に中世の十字軍も文化・教養レベルが恐ろしく低かったらしいし）で、次々に国際法を犯し、戦争犯罪をおこしているあいだに、その旗に隠れてチェイニー（世界最大の石油掘削機の販売会社兼軍事基地建設会社ハリーバートンの社長、湾岸戦争で大儲け。妻リンはロッキードの重役）その他ブッシュを政権に据えた人々と巨大財閥が金儲けに邁進《まいしん》する、という構図がクッキリと見えてきたのだ。

　イラクへの侵略は、9・11以前、いや、ブッシュが大統領になる以前から計画されていたのではないか。この計画実現のためにこそブッシュ・ジュニアは理想的な大統領だったのである。**悪魔は自分の益となるなら聖書をも引用する** The devil can cite Scripture for his purpose と言うではないか。

「蛇《じゃ》の道《みち》は蛇《へび》」

二〇代の妻が三〇代の夫に望むことは何か。
一、魅力的でセクシーな容貌
二、金銭的に不自由していないこと
三、妻の言葉にいつも注意深く耳を傾けること
四、肉体的に強く健康であること
五、適度におしゃれで身だしなみに気を遣うこと
六、頭がよくて機知があること
七、音楽や文学や美術を楽しむセンスがあること
八、妻と家族に思い遣りと気遣いを忘れず、時々プレゼントをすること
九、妻を心から愛し（肉体的に）、ロマンチックな雰囲気作りが巧いこと

三〇代の妻が四〇代の夫に望むことは何か。
一、まあまあの容貌（とくに頭髪の状態が心許なくなっていないこと）

二、十分に稼いでいること
三、自分がしゃべるよりも、妻の話を聴いていることの方が多いこと
四、妻の冗談にちゃんと反応して笑うこと
五、車の乗り降りに際して妻のために扉を開けること。買い物の際は、買い物袋を嫌がらずに引き受けておとなしく運ぶこと。ゴミを出すこと
六、最低三本はネクタイを持っていること
七、妻が作った料理を美味しい美味しいと喜んで感謝しながら食べること
八、妻の誕生日や結婚記念日を覚えていること
九、最低週一回はセックスする用意があること

四〇代の妻が五〇代の夫に望むことは何か。
一、醜《ひど》くはない容貌と一応毛が残っている頭
二、妻の身体がちゃんと車に納まってからでないと、車を発進させないこと
三、安定的に仕事をして定収入があり、散財するにしても時々ちょっと豪華な外食をする程度であること
四、妻が話しているときに、一応首を振ること
五、妻が言う冗談の趣旨を理解できること

六、肉体的に健康で、家具を動かしたり、電球を取り替えたりするときに役に立つこと
七、腹の出っ張りが目立たないようなワイシャツと背広を着ること
八、用を足す前にトイレの便座を上げ、済んだら下ろすことを忘れないこと
九、せめて三日に一度はヒゲを剃ること

五〇代の妻が六〇代の夫に望むことは何か。
一、鼻毛と耳の中の毛を定期的にカットすること
二、所構わずゲップやおならをしないこと
三、あまりたびたび借金しないこと
四、妻が話している最中に居眠りしないこと
五、同じ冗談や駄洒落を何度も言わないこと
六、健康であること、せめて寝ころびっぱなしになるほど肉体的に衰えていないこと
七、下着と一緒に靴下もこまめにはきかえること
八、テレビを見ながらでも、妻の作った料理に反応すること
九、せめて週に一度はヒゲを剃り、月に一度は爪を切ること

六〇代の妻が七〇代の夫に望むことは何か。
一、孫や近所の子供たちが逃げ出すような恐ろしい容貌と身だしなみをしていないこと
二、風呂場や洗面所やトイレがどこか、自分がどこに入れ歯を置いたか、自分がなぜ笑っているのか、覚えていること
三、あまり小遣いをせびらないこと
四、睡眠中の歯ぎしりやいびきが控えめであること
五、健康であること。せめて自力で寝起きが出来るぐらいには
六、普段はちゃんと衣服を着用していること
七、柔らかい食べ物を美味しいと感じられる舌を持っていること

七〇代の妻が八〇代の夫に望むことは何か。
一、息をしていること
二、健康であること、せめて糞尿をこぼさずに便器に命中できるほどの筋力と精神力を維持していること

というわけで、誰にでも確実に訪れる老い。これを避けるには、途中で人生を降りるし

かない。誰もがいつか自分か家族のために介護を必要とすることになるということだ。人口の高齢化が急速に進み、世界一の長寿国に成り上がった日本であるからして、これほど広汎にして途切れることのない需要は、おそらく老人介護をおいて他に望めまい。景気がますます冷え込む今、これは最有望な市場と言っていい。何せ社会福祉とか老人介護となると、お台場でディスコを経営するより聞こえもいいし堅実な感じがする。

大家族共同体や村落共同体が崩壊して久しい日本で、核家族では支えきれない老人介護の一部を自治体や国民が応分に引き受けようという趣旨の介護保険制度が発足して、早三年が経過した。

たとえば介護用具リース&販売会社なんてのは、どうだろう。車椅子を要介護老人に貸し出す。本人からはレンタル料の一割に当たる八〇〇円、自治体からは九割の七二〇〇円が振り込まれてくる。しめて月八〇〇〇円、年に九万六〇〇〇円。車椅子そのものの定価はちょうどそのくらいだけれど、なあに、それは当初から購入しようとした場合のこと。インターネット市場では二万～三万円で出回っている代物だ。運搬費やメンテナンスを考えても、ずいぶん割のいい儲けである。

車椅子を月額八〇〇〇円で借りるおめでたい個人なんて、ほとんどいないはず。本人負担八〇〇円てのが味噌なのだ。そりゃあ、介護保険発足前は市役所で無料で車椅子を貸し出していたことを考えれば高いかも知れないが（もちろん業界団体から、事業妨害だと圧力をかけて無料貸し出しはやめさせた。こんな時のために業界団体には、ちゃんと役所の天下りを据えている)、月八〇〇円は決して無理な金額ではない。圧倒的多数の市民は、自治体が七二〇〇円も負担していることに心を痛めやしないもの。諺にも他人の痛みは三カ月でも我慢できる(日本)／他人の手でウジ虫をつかむのは容易なこと(ロシア)／他人の手で熱い炭を握るのは楽だ(カザフスタン)とある通り。お役人だって、別に自分の財布の金が減るわけではないから、価格が理不尽に高すぎるなんて指導してきたりしない。まあ、念のため、そんなことがないよう、彼らとは良い関係を維持しておく必要はある。介護保険の資金は、周知の通り、四〇歳以上の国民全員から徴収される保険料なのだから、ほんとは自分の納めた金が使われてるってことに、市民も利用者も想像力を働かせて腹立ててもいいのに、まあ有り難いことに、そうはしない。

あるいはヘルパー派遣業てのはどうだろう。一回一時間月一二回、ヘルパー二級の有資格者を派遣するとする。利用者からは月約九一〇〇円、自治体からは約八万一九〇〇円、合計九万余円の金が振り込まれる。それでいて、実際に働くヘルパーに支払う金額は、最高でも一万八〇〇〇円ほど。八〇〇〇円なんていうひどいところもある。派出所が家政婦を派遣する時に取る斡旋料は一割強と相場が決まっているから、八割〜九割というマージンの途轍《とてつ》もなさが分かるってものだ。

こんなに理不尽な口利き料を取っていたら、利用者からそっぽを向かれ、ヘルパーに逃げ出されるのが当たり前なのに、そうならないのは、利用者にもヘルパーにも自治体からの補助金が直接にはいかなくて、必ず事業者を通さなくてはならない、という申し訳ないくらいに都合が良すぎる制度になっているから。

そして、もちろん、お役所がその業者の許認可権を握っている。膨大な介護保険資金の配分を仕切り、利用者や介護者からの相談窓口になっているのも、社会福祉協議会っていう、いかにももっともらしい名称の、天下り役人から成る団体だ。これが地域によっては、事業者も兼ねていたりする。**餅は餅屋**（日本）／**盗人は盗み方を熟知している・金の値打ちは金細工師が知る**（アフガニスタン）／**肉は肉屋に任せろ**（タジキスタン）っていうか、役人ってのは、自分の天下り先を作り出してそこに税金が流れ込む仕組みを捻出することにかけては天才的な人たちだからね。となると、むしろ、**猫に鰹節**（日本）／**キツネにガチョウの番をさせ**（イギリス）／**狼に羊の牧童をさせ、豚に野菜畑の番をさせ**（ウクライナ）／**盗人に鍵を預け**（トルコ）／**禿げ鷹に内臓の番**（ベネズエラ）をさせるようなものか。

とにかく介護保険制度が、要介護のお年寄りのためとか、福祉の現場で働く人々のために出来た制度ではないってことだけは確かなのだ。それはあくまでも表向きの看板のようなもので、一番得するのは、介護事業者と許認可権を持つ役人であることだけは確か。中年以降の人間が、今さらお役人になるのは無理なので、業者として利用するのが一番お得なのである。

こういう大義名分のもと、税金が継続的に投入される分野を、事業者たる者、見逃してはいけない。

でも、地方自治体の数千万円、数億円規模の介護予算にたかる業者なんて可愛いものだ。今やアメリカに次ぐ世界第二位を占め、五兆円を軽く超える防衛予算にたかる政治家や業者に較べたら、スケールがチマチマしていて気恥ずかしい。

イージス艦は一隻一四七五億円、輸送機一機が二四一億円、F2支援戦闘機一機が一二〇億円、九〇式戦車一両が八億円の世界だ。車椅子とはわけが違う。しかも、車椅子と違って、国民の大半は目にすることもないし、武器兵器の性能や価格の妥当性は一部の専門家にしか見当が付かない分野だ。その上、さらに有り難いことに、今年最新の戦闘機を購入したとしても、技術向上が日進月歩の世界だからまたたくまに時代遅れになってしまう。戦車だって、ミサイルだって、潜水艦だって、軍艦だって、それは同じ。毎年、軍備を更新するためのお金は増えていくという寸法だ。

人殺しの軍備にそれだけ金をかけて、今日本の若者が背負わされた借金は七〇〇兆円に達している（日本国民の借金は、毎日六五七億円、毎時二七億円の勢いで増え続けている）。戦争を放棄した憲法に違反してまで軍備を増強することに、大半の国民は反対するに決まっているが、そこはそれ、国を守るという実に崇高な大義名分がある。聖域なき構造改革を掲げる小泉首相だって、唯一手を出さない聖域になっている。**愛国主義はゴロツ**

キの最初の拠り所（A・ビアス）などと言うなかれ。小泉首相だけでなく、銀行にさえ厳しい石原都知事も、国の威信や防衛力の拡充、重度の戦争中毒患者アメリカの戦争遂行に協力するための有事法案推進には、やたら熱心ではないか。石破防衛庁長官など、軍事オタクと呼ばれようとめげずに打ち込んでいる。国の危機を煽《あお》るのは、有事ほどうま味のある利権はないからだ。

最近では世界最初の被爆国の国是、非核三原則を破って、日本も核武装しようなどと言い出した。広島、長崎を知る国民の核兵器に対する生理的嫌悪感と反感という大きな壁を乗り越えるのは、容易ではなかったはずなのだが、長年にわたる北朝鮮による日本人拉致問題で世論が盛り上がり、金正日の「核」をちらつかせた瀬戸際外交のおかげもあって、有事立法も成立、一気に日本核武装にも追い風が吹いてきた。

もっとも、金正日批判でもマスコミは巧妙に「核」と言い続けて核兵器と錯覚させるように誘導してくれてはいるが、北朝鮮が持っているのは原子力発電所用の核燃料であって、それを核兵器にする技術はない。あったら、とっくに核実験を行っているはずだが、アメリカの偵察衛星によってその事実も痕跡も確認されていない。

一九九八年、日本のマスコミが日本海へのテポドン・ミサイル発射と騒いだ件は、当時の北朝鮮、中国の発表のみならず、アメリカ、ロシアの発表さえも、「人工衛星の打ち上げとその失敗」というものだった。推進体はミサイルと共通であるとはいえ、これで騒ぐなら、日本の通信衛星ロケット打ち上げも同様に騒がなくてはならない。

せいぜい金正日には今後も頑張ってミサイルまがいを発射して欲しいものだ。おかげで、構築に一〇年と五兆円、維持に年間五〇〇〇億円かかるミサイル迎撃システムという、夢にまで見た高価な兵器をアメリカから購入する商談もトントン拍子に進みそうだ。

「早《はや》いが勝《か》ち」

むかしむかし、あるところに男がいました。それはそれはセクシーなチョードハンサム!! あまりにも魅力的で理想的な容貌をしていたために、彼をひと目見るなり、どの女もたちまち我を忘れて男に夢中になりました。当然の成り行きとして、世界中のプロデューサーや映画監督からテレビや映画への出演依頼が殺到し、やれモデルになってくれ、やれCMに出てくれ、やれ雑誌の表紙を飾ってくれ、やれサロンの常連になってくれと引きも切らずに誘いの手が来るのでした。

ところが、その並はずれてセクシーな容貌にもかかわらず、男はとても控えめで慎ましい性格の人間でした。女性観もドン・ファンや光源氏やカサノバとは正反対の、たった一人の女の真実の愛を求めるタイプだったのです。何よりも男が望んでやまなかったのは、家庭の安らぎと温かさでした。要するに、最愛の女を見出し、その女と結婚して子供をつくり幸せな家庭を築く、そういうささやかな幸せを夢見ていたのです。

ただ男は、一穴主義者であると同時に一点豪華主義者でした。その子供たちが世界で一番見目麗しく魅力的な子供たちであって欲しいという強烈な願望を抱いていたのです。そのためにこそ、男は世界で一番見目麗しく魅力的な女と結婚しようと決意しました。

こうして男は、世界中を旅して実にさまざまな美しく魅力的な女たちに会いました。しかし、完璧な美女にはなかなか遭遇できません。というのは、一見完璧な美女たちの誰一人として、欠点のない女はいなかったのです。ある女には爪を嚙む癖があり、ある女は近眼で、ある女は胸が小さくて、ある女は愚鈍で、ある女は皮下脂肪が多めで、ある女はホクロが多すぎて、という具合で、とにかくどの女にもごくささやかではあるものの必ず何かしら欠陥がありました。

ついに男は理想の女を捜し求める気力も失せて、当てもなく流離《さすら》っておりました。そして気がつくと、とある人里離れた村に迷い込んでいたのでした。その村はずれの貧しげな一軒家の手前に井戸があり、井戸端に老人と、目もくらむような美しい女が、しかも三人も佇《たたず》んでいるではないですか。三人の美女は姉妹で、老人の娘たちでした。男はさっそく老人に自己紹介し、自分の旅の目的を話して聞かせますと、老人は喜色満面になったのでした。

「それはそれはいいところへ来なすった。実は娘たちを何とか嫁がせようと骨を折ってきたのじゃが、持参金がついてないとかで、断られっぱなしなんじゃ。三人の娘の中で、あんたが気に入ったのがおったら、喜んでくれてやろう」

それで男は、まず長女をデートに誘ったのでした。翌朝、老人のところへ戻ってきて、男は言いました。

「お嬢さんは、とても愛らしくて美しい方でした。ほとんど完璧な美女でいらっしゃる。ただほんのかすかに、ごくごく目立たないほどわずかに舌足らずな話し方をなさるんですよねえ」

それで男は、次女をデートに誘ったのでした。翌朝、老人のところへ戻ってきて、男は言いました。

「お嬢さんは、とても魅力的で美しい方でした。完璧な美女と言い切ってもいいくらいだ。ただほんのかすかに、ごくごく目立たないほどわずかにウェストが太めなんですよねえ」

それで男は、三女をデートに誘ったのでした。翌朝、老人のところへ戻ってきた男は、幸せと喜びのあまり浮き足立って、声も上擦《うわず》っていました。

「お嬢さんこそ、世界一の美女、完璧そのものとは彼女のこと。お嬢さんと結婚させてください。ああ、早く早く彼女に僕の子を産ませたい!!」

そそくさと結婚式が決行され、しばらくすると若妻は出産しました。産院に駆けつけた男は、看護婦から布にくるまった新生児を手渡されて、思わず顔を背けたのです。産院の他の新生児と見比べても、これほど醜悪な赤子はいませんでした。男は慌てて妻の実家に駆け込み、舅に詰め寄りました。

「いったい全体どうしてこんなことになるのですか。ああ、なぜ運命はこんなに不公平なのだ。僕の今までの努力は何だったんだ‼」

と、しまいの方は愚痴ばかり。婿が少しばかり落ち着いた頃合いを見計らって、舅が言いました。

「つまりだねえ、君があの娘をデートに誘い出したとき、あの娘は、ほんのかすかに、ごくごく目立たないほどわずかに妊娠してたってことなんだねえ」

　右は結婚相手の処女性にやたらこだわる男の哀しい性《さが》（＝産めない性）を説明する物語。**女房と畳は新しい方が良い**（日本）／**嫁は新しいに限る、牛は乳だくさんに限る**（インド）なんて諺も、そんな男の、己の遺伝子を確実に次世代に残したい、財産も己の遺伝子相続者に相続させたいという、おそらく本能から発する排他的願望を表している。もっとも、**女房と味噌（鍋釜）は古いほど良い**（日本）とか、**女房は老いてからたのもしくなり、氷は秋からしっかりする**（エヴェンキ族　ロシア・シベリア）と正反対を説く諺がある。こちらは、次世代よりも自分自身の日常生活重視型とでも言おうか。

　また、処女願望は、純粋に享楽という観点からすると、さほど好ましくないものらしい。**「処女を愛することは真新しいアパルトマンとおなじくらい面倒だ。しっくいのふき掃除をするかのようだ。だが、先住者の悪い病菌をこわがらなくてよいことはたしかだ」**（ジュール・ルナール）とか、**「時々我々は処女のことを考えてぞっとする。彼女らの情熱に**

入り込むことはイワシの缶詰を開けるのと同じくらい難しくて厄介なように思える。すでに開けられた状態で我々の前に出されたら便利なのに」（ラモン・ゴメス・デ・ラ・セルナ）なんていう名言があるくらいだ。

もっとも、二人とも皮肉屋で毒舌家だから、どこまで本気なのかは分からない。だって、光源氏が幼い若紫を娶《めと》って性教育を施したように、パイオニアの喜び、女を自分好みに仕込んでいく欲望、女の性生活に対する指導欲や支配欲も男のエロスを構成するものらしいではないか。だからこそ、かのバーナード・ショーの名言も生まれたのだろう。

「男はずるがしこい。女の最初の男であろうとする。でも女はもっとずるがしこい。男の最後の女であろうとする」

こうなると、競争率の高い女に対しては、まさに早いが勝ち、あるいは早い者勝ちということになる。遅れては損なことが多い、人よりも先んじて事をすれば、万事に有利であるということを説く諺で、「先着〇〇名様まで」というセールスの謳い文句も、あらゆるスポーツ種目も、行列の論理もこれに基づく。同じ条件ならば、先に来た者を優先させる、というのは、世界的にも常識になっているらしく、粉挽《ひ》き小屋に最初に来た者が、最初に粉を挽く（エストニア、スロヴェニア）／先に行く者はきれいな水を飲む（ブラジル）など、類諺はゴマンとある。

先に来た者、先に成し遂げた者を優先させるという論理は、万人に受け入れられやすい理屈で、だからこそ行列に割り込むヤツは無条件で弾劾《だんがい》される。ノーベル賞だって、最初に発見、発明した人に授与されるし、特許だって、先に申請した方が獲得する。先取特権＝占取特権とか既得権益とかいって、法律的にも時間的に先に取得した者を保護しているくらいだ。

かつてヨーロッパ諸国が、冒険家や海賊を雇ってまで「地理的発見」を競ったのは、まさに**早い者勝ち**で植民地を獲得、拡大出来たから（もちろん、この際、自分たちと同列のヨーロッパ列強のあいだでの早い者勝ちであって、とっくの昔にその地域に棲息していた先住民の先取特権は無視されたのだが）。一九世紀半ばには、ヨーロッパ列強による地球の分割と再分割はほぼ完了していた。こうなると、先取特権を享受する者は、既得権益を侵されないためのさまざまなルールや道徳を創り出す。出遅れた日本など、一昔前のヨーロッパ列強のやり方を真似して、中国東北部に侵入し満州国という傀儡《かいらい》政権を創《つく》ってしまったために、欧米列強の社交場であった国際連盟から脱退せざるを得なくなった。とにかく国際社会は、**早いが勝ち**の世界なのだということは肝に銘じておくべきなのだ。

核拡散防止条約の第九条にも、この早いが勝ちの論理が高らかに謳われている。『「核兵器国」とは、一九六七年一月一日以前に核兵器その他の核爆発装置を製造しかつ爆発させた国をいう」としている。すなわち、アメリカ、ロシア、イギリス、フランス、中国が公認の核兵器国＝（核保有国）であり、これ以外の国々に核兵器が拡散することを防ぐ、要するに、これ以上核兵器保有国が増加するのを防ぐ、ということを目的に作られたのがこの条約だ。もちろん、それぞれの核保有国には、早いが勝ちという論理を奨励する諺がある。

たとえばアメリカのフロンティア・スピリットは、まさにこの論理に支えられてこそ成立したのだ。旧大陸から新大陸にやって来た者たちが、先を争って先住民が暮らしていた土地を征服&領有していったのは、先着者に優先権が与えられていたからこそだ。彼等が後にした生まれ故郷には、早く来た者からもてなされる（アイルランド）や最初に起きる牛は最初に朝露を吸う（イングランド）や一番先の犬がウサギを捕らえる（スコットランド）という類の戒めがわんさかある。

ロシアでは、最初にやってきた狼は、一番脂ののった鶏をせしめる、フランスでは、早起き鳥は虫を捕まえるという成句が人口に膾炙《かいしゃ》している。中国の『史記』には、殷通《いんとう》が項梁《こうりょう》を、今こそ秦を滅ぼすべき時だと説得したときの言葉が慣用句になっている。「先んずれば即《すなわち》人を制し、後るれば則《すなわち》人の制する所となる」。この前半は日本の諺入りしているので有名だ。人より先に物事を行えば他人を押さえて有利になるが、遅れると人に押さえられて不利になるというわけである。

だから国連も国際原子力機関も二五〜四〇発の核弾頭を有するインドや、一五〜二〇発の核弾頭を持つパキスタンを問題視したり、実際に保有しているのかさえ不透明なイラクやイランや北朝鮮の査察は敢行できても、同じ非公認ながら約二〇〇発の核弾頭を持つイスラエルはアメリカの庇護下にあるから問題にもしないし、肝心の核弾頭数約一万発にのぼるロシア、八八七六発のアメリカ、四六五発のフランス、四一〇発の中国、一八五発のイギリスの査察など論外なのである。

　核保有国のあいだでさえ、早い者勝ちの法則が貫かれていて、一九六三年八月に部分的核実験禁止条約（ＰＴＢＴ＝地下実験を除く、大気圏内、宇宙空間、水中での核実験を禁止する）が、米英ソ間で結ばれようとしたとき、「ふん、さんざん実験して必要なデータを全部集めてから、後発の我々の進歩を阻む魂胆のくせに、何たる欺瞞《ぎまん》」と中国とフランスは調印しなかった。

　全く同じ理由で、包括的核実験禁止条約（ＣＴＢＴ＝ＰＴＢＴで禁止されていなかった地下核実験も禁止する）がジュネーブ軍縮会議で提案された際に、インドは「条約案は核保有国の利益しか反映していない」と拒否権を発動し、一九九六年九月に国連総会で同条約が可決された際は、署名を拒んだ。**最初に熟した実は最初に食べられる**という諺に則って核先進国を喰っているのかもしれない。

　なお、ＣＴＢＴが国連総会で採択された翌年には条約調印国の米国が七月、九月と二度も「未臨界」核実験を行っている。核爆発を伴わない実験なので条約違反ではないという屁理屈で、ＣＴＢＴの弱点を世界に知らしめている。いかにも**先手必勝**のうま味を知り尽くしているアメリカらしい。核先制攻撃権までをも高らかに宣言しているのは、アメリカぐらいである。

限られた資源をめぐる争いとなると、早いが勝ちはルールというよりも現実である。

たとえば、年々大気中に蓄積され、地球温暖化の要因となっている二酸化炭素のうち、約四分の三が化石燃料の燃焼によるもので、残りの四分の一が熱帯雨林の伐採によるものと推測されている。二酸化炭素の二五倍の温室効果を持ち、二倍の速度で大気中に広がるメタンガスの排出量の八割は人間の消費と生活から発する。オゾン層破壊物質として名を馳せたフロンもまた同時に温室効果ガスである。

これらのガスの排出量が飛躍的に伸びたのは、一九世紀半ばのイギリスの産業革命以降で、地球温暖化の主犯は、先に工業化を推進した先進国なのである。地球全体の資源であるはずの酸素をさんざん消費し、酸素供給源の森林を伐採して経済先進国に成り上がった上で、京都議定書などで、後から追いかける国々にも必要なはずの資源を等しく規制しようというのだから虫がいい。でも虫の良さにかけたら、未だに地球上の二酸化炭素排出量の二五%を排出しながら、議定書に調印しないアメリカには敵《かな》わない。

現在、信頼できる専門家が、シロナガスクジラ以外は適正な捕鯨に耐えうる生息数がある、また適正に捕獲されないため増えすぎた鯨が、人間が消費する魚の三〜五倍の魚資源を食い尽くしている、鯨が食材からはずされることによって、動物性タンパク源確保のために家畜が増やされ、それによって穀物消費が増大し、発展途上国の飢饉《ききん》がさらに広まる、と指摘しているというのに、アメリカ、イギリス、オランダ、オーストラリア、ニュージーランドなど一部の国々が国際捕鯨委員会を牛耳り、捕鯨を全面禁止にしようとする動きが強まっている。その背景にある、鯨を知的動物として神聖視し鯨を食べることを野蛮視する運動は、異文化に対する無知無理解と傲慢な自文化絶対主義に貫かれ、事実や理屈を冷静に受け止めることが出来ないヒステリックで野蛮なものである。

しかし、今声高に反捕鯨を叫ぶ国々は、つい三〇年前まで先を競って鯨を乱獲していたのだ。しかも、彼等の目当ては産業用の原油資源となる鯨の脂だけで、あとは肉も骨も廃棄処分した（ちなみに、捕鯨賛成国は、日本やノルウェー、アイルランドなど、鯨を食資源にしてきた国々で、日本などは、肉ばかりでなく脂、骨、皮など資源を一〇〇％有効に生かしてきた伝統を持つ）。シロナガスクジラが絶滅の危機に瀕した最大の理由は、現在の反捕鯨国による乱獲なのだ。

日本に開国を迫ったペリーだって、鯨を追って日本くんだりまでやって来た。なお、捕鯨先進国が反捕鯨に転じたのは、石油資源の開発進展と軌を一にしている。原油資源としての鯨が不要になったので、そして、おそらく牧畜国でもある彼等は、食肉輸出促進もという一石二鳥を狙った。

乱獲した鯨のおかげで他国に先んじた国に限って、極端で原理主義的な反捕鯨主義に走っているのは皮肉である。自分の犯した罪を他人には犯させたくない、というよりも、自分がのし上がるきっかけとなった恩恵は、絶対に他人には享受させない、という気迫が漲《みなぎ》っている。そういえば、オーストラリアやニュージーランドには、初めにボートに乗った者がオールを選ぶという諺がある。即ち先に来た者がルールを決める。

「少年易老学難成《しょうねんおいやすくがくなりがたし》」

少年老い易く学成り難し、
一寸の光陰軽んずべからず。
未だ覚めず池塘《ちとう》春草の夢、
階前《かいぜん》の梧葉《ごよう》已《すで》に秋声。

この詩と呼ぶにはあまりにも説教臭い七言絶句の一行目だけは、日本人ならば、ほとんどの人が諳《そら》んじているのではないだろうか。二行目までだって、目や耳にすれば、そういえば、と思い出す人が多いはずである。調子が滅法いいこともあるけれど、何といっても、「若いと思っているうちにたちまち年をとってしまうものなのに、志す学問の方は遅々として進まない。老いてからはさらに学習はひどくやり難くなるもの。歳月は移りやすいのだから、わずかの時間でも疎《おろそ》かにすることなく勉強しなさい」

なる戒めそのものが、多くの人にとって耳が痛い。つまり、普遍性を持っているのかもしれないと思い、愚力で集められる限りの世界中の諺に探りを入れてみたのだが、なんと同じ趣旨の諺は見当たらなかった。

もちろん、時間の経過の早さを嘆く、光陰矢の如しという類の成句はわんさかある。中学英語で暗記させられた Time flies＝時は飛び去るとか Time has wings＝時は翼をもつは英語というよりもヨーロッパ共通の諺である。その他、青春は雷雨のごとく、瞬く間に過ぎ去る（エヴェンキ族 ロシア・シベリア）／時間には百頭立ての馬車でも追いつかない（ポーランド）等々。ラテン語の冠無き王者と讃えられたオビデウスの詩『愛の手管』にも、歳月は流れる水のように過ぎ行くという句があって、これも、ラテン語を古典として学校の必須科目にして学んでいたヨーロッパ各国の諺に入り込んでいる。

歳月は人を待たずにそっくりな Time and tide wait for no man とか Life is short and time is swift＝人生は短く、時は過ぎやすい（いずれもイギリス）の類の諺もヨーロッパ各国語にある。

しかし、だからといって時を惜しんで勉強せよと戒める諺は見当たらないのだ。こういう戒めを有り難がるのは、日本人ぐらいなのかしら。刻苦勉励を理想の生き方とする日本人の民族性にあっているのかもしれない、とはいうものの、周知の通り、この諺の出自は日本ではなく、中国。原典は、南宋（一一二七〜一二七九年）の儒学者、朱熹《しゅき》の著した偶成詩である。おお、朱熹といえば、朱子学の祖、朱子その人のことではないか。

彼は科挙に合格後、高級官僚として中央に勤め、退官してから故郷に戻って、学究となった人だ。空疎な字句注釈に陥ってしまった孔孟の教えを、原点に立ち返って見直し、その神髄を明らかにしようとした。儒学刷新を旗印にすることによって正統性を勝ち得た朱子学は、元代に科挙に採用されて以降、六〇〇年間にわたって、中国の公式の学問とされた。江戸時代には、幕府の御用学問にもなった。

学問といっても、その内実は、真理の探究というよりも、人生訓と効率的な教育メソッドといったところ。科挙に合格するための、「傾向と対策」といえば、分かりやすいかしら。極めて打算的なものではある。

もっとも、同時代の世界を見回してみると、財産や門閥ではなく、優れた見識を持つ者が行政を司るという科挙という制度は、画期的なものといえる。特に優れた見識を持つ者を科挙によって中央政府に採用する。この見識は学問を積み重ねることによって身に付くもので、つまり、どんな生まれであろうと、頑張って研鑽を積めば、社会的にのし上がる可能性が残されているのだから。

明治以降、またとくに第二次大戦敗北後の奇跡的な経済復興の裏にあった日本の活気は、ひとつには、科挙に似た制度、良い大学を出さえすれば中央の偉いお役人になる可能性が万人に開かれていたかに見えたおかげでもあろう。

それもあって、猫も杓子も、刻苦勉励、受験勉強という洗礼を通過するようになったこの国で、一〇〇〇年も前に朱子が記し残した戒めが多くの若者にリアリティーを持って受け取られるようになった。何しろ、学問の習得期限が目前に迫っていて、常に追い立てられている受験生である。

先に挙げた歳月は人を待たずも、実は、『中国名詩選』に収められた陶淵明《とうえんめい》の有名な雑詩の一節から生まれたものだ。

盛年重ねて来らず、
一日《いちじつ》再び晨《あした》なり難し。
時に及んで当《まさ》に勉励すべし、
歳月は人を待たず。

これもまた、よく読むと、刻苦勉励を奨励している。東アジア圏の風土病みたいなものか。

先ほど、他国に類諺がないと述べたが、実は、医学の父、ヒポクラテスが似たような言葉を残している。

「人生は短く、技術は長い」

医術の習得にかかる時間の長さを嘆いた言葉であるが、これは、のちに、ラテン語の、

Vita brevis, ars longa

となって、西欧各国語の格言となり、「ars」は、「学問」とか「芸術」と解釈されることが多くなった。ただし、学問や芸術は限られた選ばれた人々が行う営みであるため、万人のための諺にはなりにくかった。一億総エリートを目指した日本や、おそらく受験戦争が熾烈な韓国や台湾で、学成り難しというときの「学」とはずいぶんニュアンスが異なるのだ。

「優れた学問や芸術の永遠の前に、何と人間の命の儚《はかな》いことよ」

というぐらいの意味か。

モスクワ国立総合大学の創立者でもあるロモノソフは、一八世紀に活躍した万能型の天才で、物理学、化学などロシア自然科学の父と崇められるだけでなく、いくつもの詩作品も残している。そのひとつ、「頌歌《しょうか》」のなかに、大変有名な一説がある。

Науки юношей питает
Отраду старым подают
(学問は若者を養い、老人に喜びをもたらす)

いかにも、啓蒙家らしい、この「学問のすすめ」は、キケロのあの有名な「詩人アルキアースの弁護」から取り入れたものだと言われている。

「この営みは、若者には糧を、老人には喜びをもたらす。順境においては、それをさらに引き立て、逆境においては、逃げ場ともなぐさみとも、また家庭においては娯楽にもなってくれる。公の場では邪魔にならず、ともに夜を過ごし、旅の道づれとなり、ともに田舎に引きこもってもくれるのだ」

どちらかというと、脅迫的な趣のある、少年老い易く学成り難し（実は命短し、恋せよ乙女とソックリ）などよりも、はるかに学問に対する意欲をかき立てるような気がしている。

また、近代ロシア文学の父プーシキンの悲劇『ボリス・ゴドゥノフ』の中に主人公ボリス・ゴドゥノフが、

「学問は急流のごとき人生の経験を圧縮してくれる」

という台詞をはいている。時間が無いから勉強せよ、と説く少年老い易く〜とは逆に、学問こそは短い人生をより充実させてくれるツールだ、と説いている。快楽と考えるヨーロッパと、禁欲と考える東アジアというよりも儒教の学問観の相違が背後に横たわる。

学問と若者と老人といえば、この三つのキーワードが登場する、大変有名なフランス語の成句がある。savoir（技能があるから出来る）という動詞と、pouvoir（可能性があるから出来る）という動詞の違いを実に上手に掛けことばにした慣用句だ。

Si jeunesse savait,

si vieillesse pouvait.

＝若者はまだ（経験不足で技能が無いため）出来ず、老人はもう（技能はあっても活力不

足で）出来ない
一六世紀に活躍したフランスのユマニスト、アンリ・エティエンヌの著した『プレミス』に登場する風刺詩の一節である。

これこそ、ちょうど、少年老い易く学成り難しに相当するのではないか、後者の脅迫的な調子は前者になく、そういう世の理《ことわり》をあるがままに受容している感じがいいなと長いあいだ密かに思っていた。

ところが、ついこのあいだ女友達と次のような会話を交わしてから、この諺の異なる意味が分かってきた。彼女はこう言ったのである。

「彼ったら、一度でもいいから、いっぺんに二人の女と姦《や》ってみたい、なんて言い出すのよ」

「あら、それって、ほとんどの男が夢見ていることじゃん。種の再生産過程における雌雄間の分業において、オスはなるべく多くのメスと交わろうとする性向を持ち、つまり次世代において自分の遺伝子を継承する個体の量を多くするようつとめ、メスはなるべく優秀なオスと交わろうとする性向を持ち、つまり次世代の質を高めようとつとめるものなのよ」とわたし。「その証拠に、世界的ベストセラーとなった物語を見ていくと、主人公の男が多数の女を漁っていくというか、遍歴していくという展開のものがむやみに多いのよ。人類の本質のようなものを突いているからじゃないかしら、世界最古の小説といわれる

『源氏物語』にしても、世界で二〇〇点あまりの文学作品になっているといわれる『ドン・ファン』伝説にしても、ジャコモ・カサノバの『回想録』や、西鶴の『好色一代男』にしても、いまだに読み継がれて、繰り返し舞台や映画になっている。逆に女の理想は多くの男と交わることではなくて、最も優秀な男と交わるために選択肢が広いこと。婿選びのために男を競わせる話はかぐや姫をはじめとして世界中にゴマンとあるでしょう」と得意になって持論を展開していると、彼女はウンザリした様子で冷ややかに言い放った。

「ふん、それは、圧倒的大多数の男の見果てぬ夢なのよ。夢に過ぎないの。彼に言ってやったわよ。たった一人の女さえ満足させられないくせに、もう一人不満な女を増やしたいの？　って」

そうかそうか。主体的なポテンシャリティーの問題として、願望と能力が一致しないのが、男というものなのだ、とこの時、はたと頭の片隅にロシアの諺がちらついたのだった。

男は、常に欲し、しかれども常に出来るとは限らず、
女は常に出来、しかれども常に欲するとは限らず

ああこの人類の実存的矛盾というか、神の皮肉な配剤が、今まで数限りない文学作品を生み出してきた源泉かもしれないとちょっと感動。次の瞬間、若者にまだ技なく、老人にすでに力なしとはこの事だったのではないか、と閃《ひらめ》いたのである。となると、その東アジア・バージョンの少年老い易く学成り難しの「学」も意味深長になってくるというもの。

古今東西、春をひさぐのは圧倒的に男よりも女の方が多い。しかし、なるべく多くの女と交わりたいと欲する男の生理からすると、この世界最古の商売は男の方により向いているのではないか、と長いあいだ思っていた。タイに滞在したことのある元商社マンから次の話を伺うまでは。

「最近はね、日本はじめ先進工業諸国の有閑マダムたちが大挙してタイに男を買いに行っているんですよ。僕も何と羨ましい商売だろう、できれば僕もアルバイトしてみたいものだ、なんて思いましてね。もう興味津々で、何とかツテを頼って、男を売る淫売宿というのをのぞかせてもらったんですよ。そしたら……」

ところから、彼の声は湿り気を帯びてきた。

「僕が、のぞかせてもらったのは、モロ濡れ場そのものではなくて、売春夫たちの控え室だったんです。ソファーベッドがいくつも置いてあって、そこかしこで売り物の男たちがグターっと横になっている。もう、見るからに消耗しきった感じで、僕は同情を禁じ得なかったです。案内してくれた人の話では、一回お客様にサービスすると、次にサービスできる状態になるまで、男娼たちは、最低三時間、ああして身体を休息させなくては、商売道具が使いものにならんというのです……」

「悪女《あくじょ》の深情《ふかなさ》け」

どこが始めたのか知らないが、またたくまに日本のテレビ・ワイドショーの定番となった、新聞の三面記事をボードに貼り付けて解説するという安易な方法がある。まっ、取材費も内容に関する責任も負わないで、それでいながら何となく世の中の動きにアクセスしているような気分にさせてくれるのだから止められないのだろう。視聴者にしても、わざわざ全ての全国紙、スポーツ紙に目を通す資金的、時間的余裕は無いから、お得感があるし、では新聞社側が潜在的読者を奪われると言って抵抗するのか、というと、むしろ逆で、無料で宣伝して貰える、こりゃあ儲けもんと喜んでいるらしい。というわけで、八方満足ハッピーでいいじゃないの、というところなのだろうけれど、何だか又聞きの又聞きを聞かされているようなチープ感は否めないよなあ、とブツブツ愚痴りながら寝ころんで見るともなく見ていた昼下がりの某番組、思わず起き上がった。

アメリカの旅客機が乗っ取られたという記事なのだが、9・11以来厳重を極めるようになったチェック体制をかいくぐった創意工夫もさることながら、感心したのは、ハイジャック犯のアナウンスメント。

……「乗客の皆さま、つい今し方、当旅客機はわたしどもによってハイジャックされました。無謀な抵抗をなさらない限り、乗客の皆さまに危害を加える気はさらさらございませんので、ご安心ください。当機はこの瞬間を以て、禁煙を解除いたします。目的地まで心ゆくまで喫煙を楽しみましょう」

旅客機は予定通りにフロリダの空港に到着し、乗っ取り犯の初老の男と中年女のコンビは、喫煙愛好者と見られる一部乗客から熱烈な拍手を浴びながら、投降し、手錠をかけられる瞬間、満足げな笑みを浮かべていた。なお、二人の早期釈放を要求する減刑嘆願運動がすでに始まっている……

おおよそ、そんな内容だった。最近のアメリカの禁煙運動熱はすさまじいとは思っていたが、喫煙者たちがここまで追い詰められていたのかとちょっと同情してしまった。煙草を嗜《たしな》まないものの、二〇年前に亡くなった父が、ヘビースモーカーだったせいだろう。

一日平均六〇本以上の煙草を吸っていた父は、しじゅう主治医から注意されていた。

「せめて、一日二〇本にできませんかねえ」

まだ世の中が健康至上主義と禁煙一辺倒に染まる前のことだったが、過度な喫煙が健康に良くないことは常識となりつつあった。一度妹と一緒に父を問いつめたことがある。

「ねえ、お父ちゃん、なんでそんなに煙草を吸うの？　もう少し健康のこと考えてもらわなくちゃ困るよ」

「それはね、お父ちゃんの頭が良すぎるからなんだ」

父は紫煙を美味そうにくゆらせながらつぶやいた。

「脳細胞の働きが速すぎて、周囲と合わせるのにブレーキかけなくちゃならないだろう。四六時中それやってると、くたびれちゃうんだなあ。ところが、煙草を吸うと、脳細胞の動きが緩やかになってくれて、ちょうど良くなるんだよ。だから、煙草をやめるわけにはいかないんだ」

父は無類の酒好きでもあった。そして、酒を飲むことを正当化する屁理屈もちゃんと持っていた。

「水牛のような草食獣は、必ず群れを成して生活しているだろう。ライオンや狼のような肉食獣に襲われそうになると、群れごと逃げる。群れとしての一体感を失ってはいけない。だから、群れが移動するときの速さは、一番足の遅い水牛の速さに合わせるものなんだな。肉食獣の犠牲になるのは、ふつう群れの最後尾を走るひ弱で鈍足な水牛だ。一番足の遅い水牛が食われたことで、群れの速度は逆に速まるんだ。

人間の頭の回転だって同じようなものなんだよ。脳味噌も、一番とろくて弱々しい脳細胞の速度よりも速くは回転しないような仕組みになっているんだな。

アルコールを摂りすぎると、脳細胞を破壊する、だから飲酒はほどほどになんていう理屈を並べ立てる連中がいるが、水牛の群れと同じで、アルコールのせいで破壊されるのは、一番弱くて鈍足な脳細胞なんだよ。つまりだねえ、こうやって毎日お酒を飲むと、鈍足な脳細胞を破壊してくれるから、結果として脳味噌全体の働きは、素早く効果的になるってわけだ」

「おとうちゃん、頭の回転が速すぎると困るんじゃなかったの？」

「だから、それを煙草で調節してるんじゃないか」

「……」

まあ、父の本音としては、ほっといてくれよ、勝手にさせてくれ、というところだったのだろう。

人類の喫煙の歴史は古く、パプア・ニューギニアのエンガ族は、飲みねえ、食いねえ、鮨食いねえという歓迎の意味で、握手して、煙草を吸って、芋を食べてと言うらしいし、サーミ族の男たちは、パンが無くなるのも辛いが、煙草が無くなるのはもっと辛いと嘆ぎ煙草が切れる苦しさを慣用句にしている。

度を越すと、健康や生活基盤に甚大な害や損失をもたらすだろうことは十分すぎるほど分かっているのに、なかなか止められない癖は、誰もが一つや二つ持ち合わせているものだ。その筆頭が、酒、煙草、それに賭事。多くの国で酒や煙草の生産と販売が国家の厳しいコントロール下に置かれるか、国家そのものの事業となっているのは、国民の健康管理もさることながら、人間の弱みにつけ込んでボロ儲けが見込める分野でもあるからだろう。

ギャンブルが、日本の多くの自治体の重要な財源になっているのは、周知の通り。
さて、冒頭で紹介した事件の顚末《てんまつ》に興味をそそられたので、インターネットで続報を探したら、ありました。英語が苦手なわたしにさえ、ハイジャック中喫煙フリーゾーンと化した機内で喫煙の是非をめぐって激論が交わされたことが分かった。アンチ・スモーカーが犯人たちに煙草はあなた方の健康を蝕むんだとさんざん説教をし、犯人とそれに加勢したスモーカーたちが反論、その中に次のようなフレーズがあった。

It's none of your business. Mind your own business！＝あんたに関係ねえだろうが。余計なお節介だ。Misplaced kindness＝有り難迷惑。

要するに、大きな親切、余計なお世話。悪女の深情け。器量の醜い女は情が深すぎて嫉妬深い、転じて有り難迷惑という意味の慣用句は、すでに江戸時代中期の洒落本や人情本に登場するらしい。ロシアでこれに相当するのが、熊の親切。ウサギの頰に止まった蚊を親切にも熊が叩き落とそうとしてウサギが昇天してしまったという寓話を基にしている。お節介に辟易《へきえき》する人々は昔も今も世界中にいて、従って、諺も多い。呼ばれなければ返事をするな。請われなければ助けるな。痩せていなければ太らせるな。眠くなければ寝させるな（ラオス）／自分の着ていないシャツのポケットに手を入れるな（ブルキナ・ファソ）etc.

友人の山崎医師も、毎回患者に禁煙を勧めていたそうだが、ある日、今までのやり方でよかったのか考え込んでしまったという。患者にひどいヘビースモーカーがいて、肺気腫にかかっている、いつ肺ガンに転化してもおかしくない状況なのに、一向にやめる気配がない。やめようとする意欲さえない。それでも診るたびに、忠告してきた。

「〇〇さん、一日一〇〇本というのは、尋常じゃありませんよ。いくらなんでも吸い過ぎです。少しずつ減らしていけませんか」

「先生、それがダメなんですよ。今日は一〇本でやめようなんて心に決めると、逆に一本一本が美味しくてかえってやめられなくて、増えちゃうんだなあ。呼び水効果っていうんですか。そんな日は、気が付くと一日一二〇本ぐらい吸ってるんですよねえ」

「じゃいっそのこと、三日に一度とか、一週間に一度とか完全に吸わない日を設けたらどうですか。ほら、肺のデータだってこれだけ悪くなっているんですよ」

ところが、〇〇さんは、極力目を合わせないようにしてヘラヘラ笑うばかり。一向にこちらの指示に従うつもりは無いと顔に書いてある。思いあまって、ちょっと脅かしてやることにした。

「あなた、そうやって命を縮めてるんですよ」

〇〇さんは、相変わらず聞く耳持たない風だ。

「〇〇さん、煙草を思いとどまることで、寿命が延びること請け合いますよ」

と言ったところで、突然〇〇さんが身を乗り出した。

「そうなんだよ、先生！　正しいよ！　まさに、そうなんだよ！」

山崎医師は、嬉しくなった。のれんに腕押しだった相手から、思いがけず手応えがあったのだから、当然だろう。そんな山崎医師の様子などお構いなしに、完全に悦に入った調子で〇〇さんはしゃべり続ける。

「こないだの日曜日、オレ、ついに金も底突いてね、借りるあてもなくなって、仕方なく煙草を一本も口にしない一日ってのを過ごしたのよ。何年ぶりかなあ。その一日の長かったこと、長かったこと……たしかに、先生のおっしゃる通り、煙草吸わないと、人生が長くなる、もうウンザリするほど長くなるよ」

山崎医師は、つくづく思ったそうだ。

「無条件に万人に良いはずだと思われている物事が、必ずしもそうではないんだよねえ」

なお、くだんのハイジャック犯たちが、投降する切っ掛けとなったのは、アンチ・スモーカーたちが、

「あなた達が自分の健康を害するのは勝手だけれど、煙草の煙は吸わない人も吸ってしまって結果的に健康を害することになるの。他人の健康を害する権利はあなた達には無いのよ!!」

たしかにこう言われると喫煙者は弱い。返す言葉も無い。この論理に乗っかって日本でも今年五月に健康増進法なる法律が施行され、禁煙ゾーンはすさまじい勢いで拡大してい

る。反比例して喫煙者の肩身はどんどん狭くなっている。
ところが、たまたま読んでいた養老孟司対談集『話せばわかる!』(清流出版)にこんなくだりがあった。

養老 昭和三十年代、東京の肺がんの発症率はロンドンの百分の一でした。それが急速に増えた原因は大気汚染とみて間違いない。世界中どこを調べてもそうなんです。いまバンコクあたりは東京並みになっているのでは。チェンマイでも一〇年前に比べ急増しています。果たして車は本当に必要か。いま、石油はあと四〇年で尽きるのではないかとも言われている。でも車に文句を言えないから、タバコが悪者にされている感じがある。

大森 タバコは昔から多くの人が吸っていましたが、肺がんが急激に増えたのは最近ですしね。

てことは、つまり煙草は肺ガンの原因として濡れ衣着せられてたってことではないか。筋違いで悪者にされてるってことか。昔から地球上各地にこういう不条理を忌々《いまいま》しく思う人々がいたのだろう、この手の諺は掃いて捨てるほどある。江戸の仇を長崎で討つ(日本)／駱駝《らくだ》を飲み込めるのに、蚊で息が詰まる・海は飲み込めるのに、小川の前でたじろぐ

（アラブ）／荷を落としたのはロバなのに、鞍のせいにする（ブラジル）／象が畑を荒らした後は猿のことは誰も問題にしない（アフリカ　ハウサ）／ある者が皿を壊し、別の者がコーヒー茶碗の弁償をする（ベネズエラ）／ジプシーのせいにして全てを盗む（ドイツ）

タバコを肺ガンの要因と特定したのは、ナチスの医学者たちだったし、世界最初の禁煙運動を大々的に展開したのも、ヒットラー指導するナチスだった（ロバート・N・プロクター著『健康帝国ナチス』草思社参照）。強制収容所で大量虐殺を強行しながら極端な健康運動を繰り広げたのは何とも皮肉なことだが、これは手品のトリックと同じ。派手なパフォーマンスで観客を惹き付けている隙に、着々と主要なトリックの仕掛けを済ませてしまう。人間の注意力というのは、実に当てにならないもので、一〇〇人中一〇〇人が絶世の美女の妖艶なダンスに気を取られている内に、箱の中に巨大な象が隠れてしまうなんていう、後でビデオで確認すると、バレバレの仕掛けに全員が引っかかってしまうのである。

タバコの健康に対する害がまことしやかに、あるいはヒステリックに説かれ、禁煙運動があらゆる公共の場を席巻しつつあるが、なぜそれだけの情熱と実現能力を以てして、車の排気ガスや核兵器の廃絶に邁進しないのか。はるかに巨大な害悪に対する嫌悪感や恐怖が、タバコに転嫁することで緩和されるか忘れられてしまう。そう、禁煙運動は悪女の深情けというよりは、江戸の仇を長崎で討つようなものなのかも知れない。

狐が説教するときにはガチョウにご用心（イギリス）／狐が説教を始めたら家の鶏に気をつけよ（スペインバスク）というではないか。

「大山《たいざん》鳴動《めいどう》して鼠《ねずみ》一匹《いっぴき》」


F市の市営住宅課をある日、中年男が訪ねてきた。

「このあいだ市営住宅に入居した者なんですが……」

「ああ、あの時の！　五七倍もの競争率を勝ち抜いて当選が決まった時のお喜びようは市庁舎でも語りぐさになってますよ。で、いかがですか、その後の住み心地は？」

「お願いです。どこでもいいから、すぐに別な所に替えて欲しいんです」

「エェーッ、それはまたどうして」

「住宅の北隣に銭湯があって、僕の部屋の目と鼻の先がちょうど女湯なんですよ。何もかも丸見えで恥ずかしいったらありゃしない。気が散って仕事にならないし、僕の厳格な倫理観が崩壊しそうで怖いんです」

男の口振りはかなりせっぱ詰まった感じなので、ただちに市営住宅課の課長以下スタッフ一同が男の部屋を訪ねて実地検分することとなった。

さて、くだんの部屋の窓辺に立った面々は、ちょっとガッカリした。

「何も見えないじゃあないですか」

「いや、その洋服ダンスの上に上ってみてください」

と男は偉そうに指図する。一同代わる代わるタンスの上によじ登って目を凝らすのだが、首を傾げるばかり。最後によじ登った職員が腹立たしげに言った。

「やはり何も見えないじゃあないですか」

「もっと右の方です」

「だから何も見えませんよ」

「もっと右です、右、右」

「アアアーッ」

洋服ダンスの縁《へり》から滑り落ちる職員の叫び声に続いてドスンという音がした。

「ああ痛ーっ」

「でしょう。僕は毎日こういう目にあってるんですからね！　まったくたまったもんじゃありませんよ」

と男は勝ち誇ったように言い放つのだった。

大山鳴動して鼠一匹
という諺は、おそらく以上のような事態を物語るのに適当かと思われる。
巨大な山が恐ろしい音をたてて揺れるので何事かと皆が固唾《かたず》を呑んで見守っていると、

出てきたのは一匹の小さな鼠だった。ご存じのように、大騒ぎした割には、その結果が拍子抜けするほど小さいことの喩《たと》えに使われる諺である。

字面《じづら》からして、「人間万事塞翁が馬」とか「小人閑居して不善を為す」と同じように昔の中国の故事から生まれた成句か、孔子とか孟子とかの偉人のたれた戒めが、海を渡って日本まで伝えられてきたものなのではとずっとずっと思い込んでいた。

思い込みモードの脳みそとは困ったもので、疑問を差し挟む余地を排除している。だから、辞書で確かめようともしない。

ところが、たまたま別な成句を引くために手元の諺辞典をパラパラ捲《めく》っていたら、「大山鳴動～」の項目が目に飛び込んできた。説明文の中に、

Parturiunt montes, nascetur ridiculus mus＝山々が産気づいて、滑稽なハツカネズミが一匹生まれる

というラテン語が記してある。元々はラテン語起源の慣用句だというではないか。あわてて、英語の辞書で、「山」という語が含まれる成句を引くと、ああ、ちゃんと出ている！

The mountains have brought forth a mouse＝山々が鼠を生んだ

しかも、まさに、「大山鳴動～」の意味で使われるとある。ロシア語の辞書でもフランス語の辞書でも同様だった。

こういうとき、わたしは無性に嬉しくなる。見ず知らずの他人が実は血縁だったと知ったときの胸のときめきに似ている。歴史も地理的気候的条件も、従って文化も全く異なるところで、同じ文句が同じ意味に使われているとは、奇跡以外の何ものでもない、と興奮してしまうのだ。

さて、西洋の諺は、元の元をたどっていくと、ほとんどが、イソップ物語かギリシャ神話か聖書に行き着く。というか、神話も聖書もイソップ物語も、当時その地域に流布していた言い伝えや説話や慣用句を大量に取り込んで出来上がっているのだ。

で、この場合は、紀元前六世紀に活躍したとされるイソップの物語だった。といっても、イソップの物語には、編集した人によって色々なバージョンがあり、これが収められているのは、紀元前一世紀にローマで名を成した寓話作家フエドルが書き留めたバージョンだけ。寓話のタイトルは、『Mons parturiens　産気づいた山』。

ラテン語の慣用句として人口に膾炙したのは、やはり前一世紀に活躍した古代ローマ随一の詩人ホラティウス（実は、奴隷出身のギリシャ人）に負うところが大きい。その後の多くの詩人たちの聖書となった『Ars poetica　詩論』の中で、詩の冒頭にむやみに大仰なフレーズを配したがる出来の悪い詩人たちを戒めて、

「Parturiunt montes, nascetur ridiculus mus＝大山鳴動して鼠一匹みたいでみっともないよ」

と諭すのである。

三世紀になってホラティウスの解説者として名を成したポルフィリオンは、この諺はギリシャ起源だと述べている。

二世紀初めに書かれた伝記作家プルタルコスの『対比列伝』にも、この表現は登場する。「エジプト王タハの要請に応じて救援に駆けつけたスパルタ王アギスを一目見ようと、山のような人だかりとなった。アギスの輝かしい武勲は知れ渡っていて、誰もが名将の姿を拝みたいと望んでいたのだった。ところが、目にしたのは、草の上に横たわった乞食のようなむさ苦しい老人。みすぼらしいマントを羽織ったその男こそ、アギス王だったのだが、人々はいつのまにか、**山々が産気づいたのだが、生まれたのは滑稽な鼠一匹**という諺を思い出したのだった」

記された史実は、紀元前三世紀頃のことらしいが、プルタルコスの言うことをそのまま信ずるならば、当時のエジプト人たちのあいだでこの諺は良く知られていたことになる。

プルタルコスは、話の面白さのために事実を犠牲にすることで有名な人だから、信じていいものか、判断に迷う。一方で、当時のエジプトは、すでにヘレニズム（ギリシャ）文化圏に組み入れられていたことを思うと、結構信憑性があるのである。

しかし、こうなると、もしかして、中国やインドあたりから陸路中近東あたりに、この諺が伝播していった可能性だって残っていると思いたくなる。実際、イソップ寓話の中には、インド起源と思われるものも幾つかある。

一見中国や日本生まれに思えるのに、実は西洋起源、一見ギリシャ、ローマ起源なのに、実は東洋起源という諺はかなり多いのだ。

でも、二〇〇〇年もの昔に中近東のあたりで使われていた比喩的表現が、流れ流れて極東の島国の人々に愛用されているなんて、人類の普遍性を証明しているようで、ちょっと感動的ではないか。

もちろん、類諺も少なくない。

雷が鳴れども雨少し（スリランカ）

煙は濛々《もうもう》、なのに串焼き肉はほんの少し（グルジア）

雷鳴とどろいてザリガニが一匹死んだ（ウクライナ）

このリストに、大量殺戮兵器を隠したと騒いで戦争しかけるも結局発見されずという、二一世紀初頭の大事件を諺化して入れてもいいのではないか。

折しも去る一月四日にヨーロッパ諸国では、驚くべき世論調査結果が公表された。調査は欧州議会の委員会の要請に基づいてEU一五カ国の七六〇〇人を無作為に抽出して行われたもので、五三％の回答者が国際的脅威の最大の源泉としてアメリカ合衆国を挙げている。ブッシュが「悪の枢軸」呼ばわりしたイラン、北朝鮮と同列の、いやそれ以上の脅威とみなされているのである。

ちなみに「イラク」と回答した人は五二%でアメリカより少ない。しかもアメリカのパーセンテージを押し上げたのは、アメリカのイラク攻撃における主要な同盟国たるイギリス人の五五%が「アメリカ」と回答したことによるところが大きい。

世界で費やされる総軍事費の四〇%強を占め、二位以下一五ヵ国合計の軍事費を上回るぶっちぎり世界最強の軍事大国アメリカが、なんで経済力も軍事力も一〇〇分の一にも満たないイラク、イラン、北朝鮮などの国々を「悪の枢軸」呼ばわりするのか、「テロリズム」に「グローバル」な修飾語を冠して「国際的脅威」だなどと騒ぎ立てるのか、大山鳴動の気配濃厚だな、と思っていたら、なんとフランスの社会学者で歴史家のエマニュエル・トッドは、昨年刊行された『ポスト・エンパイヤーアメリカ式システム崩壊に関する試論』(Todd, Emmanuel. Aprés l'Empire. Essai sur la décomposition du systéme américain. Paris: Gallimard, 2002.) という著作の中で、「『国際テロリズム』なるものも、それが『グローバルな不安定要因』だなんてことも、アメリカの創作したフィクション、一種の神話にすぎない。アメリカ合衆国こそが最大のグローバルな不安定要因だ」と言い切っている。その論旨が面白いので紹介しよう。

アメリカが、経済的にも政治的にも弱小な二流国を「悪の枢軸」とか「世界的脅威」などと買いかぶり、目には見えない敵なるテロリズムのグローバルな脅威を言い立てるのは、強大なアメリカという幻想を維持するための神話に過ぎない、とトッドは考える。

ではなぜ、そんな幻想が必要なのか。それは、双子の赤字を抱え、二〇世紀の最後の一〇年間で貿易赤字をさらに四、五倍に膨張させたアメリカが、過剰消費中毒に罹っていて、生産するよりはるかに多く消費し続けなくては破綻する状態にあるからだ。絶え間ない輸入と外資の流入を必要としていながら、実体経済の力量はどんどん失われている。従って貨幣を増刷し続けるしかなく世界経済という肉体に巣くうパラサイト的性格をますます強めている。

世界は、ヨーロッパや日本をも含めアメリカ合衆国無しにやっていけるという認識に近づきつつあり、逆にアメリカは世界無しにはやっていけなくなったという自覚を持ち始めている。世界からのモノと資金の流入がストップすること、これがアメリカ経済にとっては最大の恐怖であり、これを何としても食い止めるためにこそ、世界の資金と資源に対するコントロールを強めようとしているのだ。

アメリカで消費される石油に占める中東産石油の割合はわずか一八％であり、アメリカの専門家による試算では、もしヨーロッパの自動車の平均石油消費量レベルを維持するならば、アメリカは中東の石油無しに十分にやっていける。

つまりヨーロッパや日本ほどに中東の油に対して依存しなくてもよいアメリカが、中東におけるプレゼンスに拘《こだわ》るのは、まさに世界の資金と資源に対する支配力を維持するためなのだ。つまり軍事的、政治的に中東を支配下に置くことで、地球の他の二つの経済圏、ヨーロッパと日本をアメリカ政治の人質にしておくことが可能になるのだ。

実際には、経済的にヨーロッパや日本という旧世界に依存しているアメリカは常に世界的な混沌、動乱状態を必要としている。そのことによって、自分の旧世界における軍事的、政治的プレゼンスが正当化されるからだ。そして、この混沌と動乱の原因として創り出されたのが「国際テロリズム」なる神話である。

この「劇場化された軍国主義」の戦略は、トッドによると、三本の柱から成る。①問題の最終的解決に決して至らないこと。②イラン、イラク、北朝鮮など二級の国々との戦いに集中すること。③軍拡競争において他を大きく引き離すほどに兵器の近代化に努めること。

アメリカがとくにイスラム色濃厚な国際テロリズムとの戦いを演じ続けなくてはならないのは、この戦略にピッタリ当てはまる条件を揃えているからに相違ない。要するに、国際テロリズムという虚構の正体はアメリカの脆弱な経済なのだ。**幽霊の正体見たり枯れ尾花**ってところだろうか。

「朱《しゅ》に交《まじ》われば赤《あか》くなる」

アメリカの某州でハッシッシを吸っていたかどで逮捕された若者ふたり、裁判にかけられたものの、初犯ということで、判事は検事の求刑をペンディングにすると言い出した。

「君たちはまだ学生だし、将来のある身だ。刑務所で過ごすよりも、自らの力で矯正して欲しいと思っている。今度の週末、ぜひ街頭に出て麻薬撲滅運動に取り組んでみて欲しい。自分たちの苦い経験から、麻薬がいかに危険なものであるか、訴えてみて欲しいんだ。それを聞いて、麻薬は絶対にやらない、と思う人が増えれば、それほど素晴らしいことはない。次の公判は来週の月曜日だから、ぜひ、そのときに成果を報告してくれないか」

さて、月曜日、被告の若者たちは再び裁判所にいた。

「さあ、土日はどうだったかな」

と尋ねる判事に被告の一人がまず答えた。

「おっしゃる通りに街頭に出て訴えたところ、僕の話を聞いてくれた人たちのうち、一七人もの人たちが今後絶対に麻薬に手を出さない、と誓ってくれました。ほら、これがそれを証明する彼らの署名です」

「ほう、一七名も‼　それはまたすごい」

判事はひとしきり感心感嘆した上で尋ねた。

「それで、君はどんな話をしたのかね」

「はい、とても簡単な図面を利用しました」

若者は少々得意げに話し始めた。

「二つの円を描いて見せたんです。大きいのと、小さいのを。それで大きい方の円を指さしながら、これが麻薬を吸う以前の脳のサイズで、小さい方の円を示しながら、ところが麻薬を吸い続けると、脳はこんなに縮まってしまう、と説明したんです」

「なるほど、大したものだ」

判事は満足げにさかんに肯《うなず》きながら、二人目の被告に尋ねた。

「で、君の方は何か成果があったかね」

「はい、判事さん、僕も土日は目一杯がんばりました。僕の話を聞いた一五六名もの人たちが未来永劫《えいごう》麻薬には手を出さないと誓ってくれましたよ。これが彼らの署名です」

「へーっ、一五六名だって⁉」

判事は驚きのあまり座っていた椅子から転げ落ちそうになりながら、ようやくのことで平常心を保ちつつ尋ねたのだった。

「そそそれで、どんなことを話したのかね」

「いや大したことはやってません」

まんざらでもない表情を浮かべながら若者は続けた。

「僕も彼と全く同じ図面を使ったんです。大きな円と小さな円を描いた図面です。それでまず小さな円を指さして、こちらは刑務所に入れられる前の肛門であると説明し、次に大きい方の円を指し示して、こちらは刑務所から出てきたときの……」

というわけで、善人とともにいれば天国に住めるし、悪人とともにいれば身の破滅となる（バングラデシュ）／水は方円の器に随《したが》う（中国）のである。液体は容器の形状によってどんな形にでもなるという意味で、人は、交際している仲間や環境次第で善にも悪にも感化される。

この類の格言は歴史の長い中国に多く、とくに有名なのは、中国は晋代の『傅子《ふし》』に朱に近づく者は赤く、墨《ぼく》に近づく者は緇《くろ》し。日本に伝わってきて、朱に交われば赤くなるという省略形で人口に膾炙したからだ。これなど、松ヤニに触れれば指が汚れるというイギリスの諺や粉挽き所のそばを通ると粉まみれになるという中央アジアはタジキスタンの諺にソックリ。類諺は五大陸にまたがり無限にあるのだ。

たとえば数年前、日本サッカー協会から代表監督の座を追われたブラジル人のファルカン氏が悔《くや》し紛れに協会の体質を罵倒するのに、「腐ったみかん」という表現を使ったが、全く説明を受けなくとも誰もが一瞬にして納得した。腐った果物に接する果物がたちまち腐り始める現象は日常的に馴染みがあるからだ。ちなみに、ヨーロッパ各国に腐ったリンゴは傍らのリンゴを腐らせるという諺があり、これは中国から日本にやって来た一桃腐りて百桃損ずに通じる。

鍋に触れれば煤《すす》がつく、悪に触れれば傷がつくという趣旨の諺も、狼に混じっていると、狼のように吠えるようになるという趣旨の諺も、ウイグル、アフガニスタン、そしてヨーロッパ各国にある。犬と寝れば起きたときには蚤が一緒という趣旨の諺もロシア、ウクライナ、オランダ、イギリスなどヨーロッパ共通だ。どこかで生まれて伝播していったのか、それとも、たまたま同じ比喩的表現が生まれたのか、定かではない。

生木《なまき》も枯れ木に隣り合わせになると燃えてしまうという諺がはるか遠く離れたセルビアとフィリピンにあって、人は付き合う仲間次第という同じような意味の喩えに使われているのは、不思議であると同時に必然という気がしてくる。それだけ人間の普遍的真理を突いているということ。誰と付き合っているか言ってくれ、君が何者か言ってやろうはフランスの諺だが、世界中で通用する。

イラク攻撃の大義名分とされた大量破壊兵器は未だ見つかっておらず、単にヤクザがケンカを売るための難癖みたいなものだったことが明らかになった今、開戦前は、「危険な独裁者が大量破壊兵器を隠し持つことは国際社会の平和と安全にとっての脅威だから、これを摘発しようとするアメリカに協力するのは当然」と言っていた小泉首相も、「イラクの人々を助ける復興人道支援のために、その能力のある自衛隊を派遣する」といつのまにか論理をすり替えた。

一二月八日に政府が自民党の内閣・国防・外交合同部会で行った派遣計画骨子の説明によると、自衛隊の活動内容については、イラク人向けの人道復興支援活動とともに、イラク特措法（イラクにおける人道復興支援活動及び安全確保支援活動の実施に関する特別措置法）においては記されていなかった、「米軍などの治安維持活動の後方支援にあたる安全確保支援活動」も掲げ、「米軍の武器・弾薬の輸送も可能」とした。翌九日の国民向け説明では「武器弾薬の輸送は行わない」と小泉首相は明言したものの、翌々日の一〇日には、福田官房長官が「その可能性は否定できない」と訂正する始末。「人道復興」をいくら口先でうたっても、アメリカの要請によってイラクに派兵され、米英軍に協調して行動する以上、「テロリスト」だけでなくゲリラ側にも現地の人々にも米英軍の仲間とみなされるのは火を見るより明らか。

その証拠に、アルカイダと目される組織から、「自衛隊がイラクの地に一歩でも踏み込んだら、日本の首都でもテロが起きるであろう」という犯行予告声明まで出ている。最近では、イタリアも大規模な自爆攻撃に遭って派遣部隊に大勢の犠牲者を出したし、スペイン諜報員が多数殺された。日本の外交官だけでなく、コロンビア、ポーランドなどの兵士もねらい打ちされている。狩人のそばにいれば狩人に、漁師のそばにいれば漁師になる（ミャンマー）し、白鳥といれば白鳥に、鳥といれば鳥に（タイ）みなされるのだ。

それに、数の上では三十数ヵ国がイラクに派兵して占領軍を構成していることになっているが、その実質が米軍であることは世界中が知っている。第二次世界大戦直後から二〇世紀末まで、ずーっとアメリカと行動を共にしてきたカナダもフランスもドイツもいない。冷戦終結後はアメリカと大の仲良しになったロシアも、そして、湾岸戦争の際はアメリカに協調した中国の姿もイラクにはない。要するに、大国と目される国々はみな、今回アメリカとは距離を置いている。国連加盟国の三分の二は人員を派遣していないのだ。

派遣しているのは、ドル借款に依存せざるを得ないチェコ、ポーランド、ブルガリアなど旧東欧諸国、ウクライナ、ベラルーシ、キルギスタン、ウズベキスタンなど旧ソ連崩壊にともなって独立した国々、いずれも経済的政治的基盤の不安定をアメリカに依存することでやっとのことでしのぎ政権を維持している国々、あるいはコロンビアやニカラグアなどアメリカのてこ入れで現政権が生まれた国々。枯れ木も山の賑わいというのがピッタリな状況で、イラクに派兵するのは、ノーと言えない弱小国の証なのだ。

覚えておられるように、米英によるイラク攻撃が始まる前から多くの専門家や学者から、「ベトナムの悪夢が繰り返されるのではないか」という懸念が表明されていた。占領に抵抗するゲリラ戦が恒常化することによって戦況が長引き、最終的に米軍は撤退を余儀なくさせられるのではないか、と。しかし、米英軍がわずか一月《ひとつき》あまりで順調すぎるほど順調にイラク全土の制圧に成功したために、先の懸念は取り越し苦労と一笑に付されたのだった。ところが、ブッシュが戦闘終結宣言をしたとたんに、明らかになったのは、まず第一に、イラクにレジスタンス・ゲリラが存在すること。そして第二に、米英軍はそのようなゲリラ戦に、戦術的にも精神的にも準備できていなかった、ということ。

今現在イラクで起こっている状況を一言で言い表すのは不可能だ。ただ明らかにイラク関連のニュースのタイトルから、「住民への食料、医療援助」とか「ライフラインの復旧」とか「イラク国民政府樹立へのプロセス」とかいうような穏やかな言葉は消えた。代わりに毎日のように届くのは、米英軍の兵士のみならず、米英に協調する国々の兵士や人員に対する襲撃とそれにともなう犠牲者に関するニュースである。

もう一つ、当初予測していなかったことがある。四、五月の時点では、イラクでレジスタンス・ゲリラはあるとしても、フセイン派の残党による散発的なもので、イラク全土にまたがるものではないだろうし、数カ月で跡形もなく消滅するだろうと考えられていた。民族性からしてベトナム人と違ってアラブ人は現実的で粘りがない、それに組織行動が苦手であるから、と。

かつて、第一次大戦中にアラブ人がオスマン・トルコに対して粘り強く戦ったことも、すでに五〇年以上続くパレスチナ・アラブ人のイスラエルに対する戦いも、視野に入れるのを忘れてしまったのだろう。ここにこそ、アラブ人の民族性が現れており、これは決して無視できないものだというのに。

たしかに歴史的にみる限り、アラブ人には、上官の命令に無条件に従うという近代的な軍隊特有の気風は薄く、誰が一番偉くて、誰が誰に従うべきかで悶着が起き、収拾がつかなくなるらしい。大軍の兵士として大規模な包括的な計画に従って、参謀の指揮のもと組織的に動くよりも、機動力のある小グループ、または個々の兵士として動いた方がより効率的、効果的になる。しかし、それはとりもなおさず、ゲリラ戦には極めて向いた民族性ということができる。

テロ行為がアルカイダの傭兵《ようへい》あるいはフセイン派の残党のみによるものだ、という見方は、事実とかけ離れている。たしかに、開戦直前にイラク国内に多くの義勇兵がやって来た。そのうちの一部は雇われた者であったろうし、一部は己の思想信条に基づいてのことだろう。しかし、圧倒的多数は、他国在住のイラク人で、国の危機を知って舞い戻ってきた人々だった。

しかも、空爆や掃討作戦で家族を虫けらのように殺され、ライフラインや住宅を破壊され、文化財を焼かれ、盗まれ、劣化ウランを国中に撒き散らされ、唯一の資源である石油を奪われ、完全武装の兵士たちが突きつける銃口に脅迫され続け、誇りを傷つけられたイラク国民の憎しみは、米英軍の占領が長引くほどに、日に日に強まっている。侵略と占領の共犯者である国々に対してもその憎しみの矛先が向かうのは当然だろう。**蝿とともに出かければ、ゴミの中に連れて行かれる**（ブルガリア）のだ。

対するゲリラへの共感が広がっている。子供たちがゲリラの伝令役を果たしており、爆薬がしかけられた建物の周辺には、「〇〇歩先に爆発物がしかけられている」とアラビア語のチラシが貼りめぐらされていて、アラビア語を解してさえいれば危険を回避できる。なのに、住民は占領者にそれを知らせてはやらない。そういう事情は、イギリスの新聞が盛んに紹介している。すでに米英軍は泥沼にはまっているのだ。

そして国連憲章は、侵略軍、占領軍に対する抵抗のための武力行使を正当な権利として認めている。

だから、イラク派兵を最終決断する前に、小泉首相にはぜひともチェーホフの次の戒めを噛みしめて欲しい。

どんないい女も駄目な男といると駄目になる

「天《てん》は自《みずか》ら助《たす》くる者《もの》を助《たす》く」

あるところに長年の事情が積もりに積もって妻にまったく頭の上がらない男がいた。しかも、つい先日、リストラという名の解雇を喰らってしまった。今日は、今日こそはあいつに失職の件を打ち明けようと思いつつ、言い出せないままずるずると一週間以上が経つ。今まで通りの出勤時間に家を出、時間を潰《つぶ》して帰宅するという手を使ったのだが、疲れ果ててしまった。これまでゴゼンサマを繰り返してきたことが裏目に出て、下手に早く帰れないのだ。朝はそそくさと出てきて、夜は深夜過ぎの帰宅とあっては、妻とろくに言葉を交わす時間も取れやしない。一方で、家を出てからの時間を潰すのにも金がかかるのに、手持ちの金は激減している。もうこれ以上妻を騙《だま》し通すのは限界だ、会社からの給与振込みがないことに妻が気付いて不審に思い、直接知ってしまうことだけは、何としても避けなくてはならない。振込日は毎月二五日だったから、もう明後日に迫ってきている。今日は二三日。あれ、二月二三日は……、そうだ、あいつの誕生日ではないか。これは、天の助けだ、みすみすこの機を逃してはならない、と男は思った。**天は自ら助くる者を助く**なのだ、積極的に自分の力で事態を打開しなくては、と。誕生日のプレゼントを買っていけば、早く帰っても不自然ではないし、そりゃあ、そんなことするの、新婚時代以来だから、「どういう風の吹き回し？」なんて勘ぐられるのは目に見えているが、そこで首を切られたことを白状すればいい。そうだ、そうしよう、と男は心に決めたのだった。

ちょっとしたネックレスでもと考え、百貨店に立ち寄ったところ、たまたま通りかかった家電売り場で、ヘア・ドライヤーが目に飛び込んできた。それで男は、妻が最近髪の手入れをするたびに、ドライヤーが古くなって使い勝手が悪いと愚痴っているのを思い出した。そうそう、スチーム機能がついたタイプを欲しがっていたな、あいつ。まさに、これだ、これこれ。えっ、三万九八〇〇円だって……。ちっ、そんな金あるわけないじゃん。……でも、これ持って帰ったらあいつ喜ぶだろうなあ。だけど、消費税込みで四万円以上の出費は失業者には痛いよ。痛すぎる。

さんざん逡巡《しゅんじゅん》した挙げ句、男は素早く周囲に目を走らせると、棚のヘア・ドライヤーをコートのポケットに隠し入れ、出口に向かってまっしぐらに駆け出したのだった。しかし、あっという間に頑強な男ふたりに取り押さえられ、百貨店の事務所に連行された男は、店長らしき人の前に引き立てられ、尋問されることになった。この店長らしき男、実は百貨店創業者でもあるワンマン社長のどら息子で、不向きな仕事に就かされて退屈しきっていたところだった。そこへ、格好の退屈しのぎが現れたというわけだ。

「こいつはオレに任せて」

と、警備員たちを引き下がらせて、男とふたりきりになると、ふざけた提案をした。

「あのさあ、このちんけなドライヤー、あんたのちんけなチンボコに乗っけて店の出口まで運んで見せてくれたら、あんたにくれてやるよ」

軽はずみを悔い、意気消沈しきっていただけに、希望の灯りを点されて男は力が漲ってきた。その力を己のチンボコに集中してみごとヘア・ドライヤーを店の出口まで運んで見せたのだった。どら息子店長はやんややんやの喝采です。

「ハハハハ、大したもんだ、コンチクショー。ドライヤーはあんたのもんだ。ほら、持ってけ」

最新型のヘア・ドライヤーに妻も大喜び。

「でもいいの、あなた、こんなに高価なもの？　収入が途絶えたというのに」

と、とっくに事情を察していることもついでに判明したのだった。久しぶりに夫婦の会話が弾む夕げだったというのに、夜になると、男は妻とベッドをともにすることはなく、別の部屋で夜を過ごした。翌日も翌々日も。以前のように深夜に帰宅というわけでもないのに、なぜか妻を避けている。そんな風にして一週間が過ぎた。とうとう妻もいったい全体どうなっているのか、自分の目で確かめることを決意。真夜中、夫の部屋に忍び込んだ。

そして、目にしたものが信じられなくてしばし言葉を失った。

夫は下半身露《あら》わなまま鏡の前に立っていた。そこまではまだいい。問題は、ペニスの先に何かを載せている。目を凝らすと、それは、重量挙げに用いるウェイトだった。持ち上げているのは、一六キロものだろうか。傍らには、二四キロと三二キロの分銅がちょこんと置かれている。

ようやく我に返った妻は夫に詰め寄った。

「ななな何してるの、あなた!!」

「君ね、トレーニングの邪魔しないでくれる」と妻の方を見やりもしないで夫は答えた。

「うちは冷蔵庫もそろそろがたが来てるんだからね」

男が冷蔵庫を同じ方法で入手できたかどうかは不明だが、運命（神と言い換えてもいい）は努力する人間を助けるものだ、幸運は勤勉と努力のご褒美だ、と説く諺は世界五大陸に跨《またが》って腐るほどある。

たとえばアメリカ大陸では、**静かな海からは神が守ってくれる、荒い海からは私自身で身を守る**（グアテマラ）とか、**神に祈りつつも槌《つち》を打つのを怠るな**（コロンビア）とか、**神に求めるためにはハンモックから飛び出せ**（ベネズエラ）と運命任せを戒めているし、アフリカ大陸では、**通る者こそ通される**（スワヒリ）と運命を切り開く主体性の重要さを強調している。

ユーラシア大陸の北東部では、**人事を尽くして天命を待つ**（中国古代より伝わる格言で、秦代の『呂氏春秋』などに記されている）と、人間は力の限りを尽くしたら、あとは静かに天命を待つしかないと諭し、同じユーラシア大陸の西の方では、今は犬猿の仲のイスラムとユダヤの区別無く、言い方は異なるものの、自助努力を奨励している。たとえば前者では、神の加護を受けるためには、行動せよ（アフガニスタン）とか、貴方が行動すれば、神が祝福する（イラン）とか。後者では、幸運は、本人もその気にならなければ助けてくれないものだ（イディッシュ）とか。

求めよ、さらば与えられん。尋ねよ、さらば見出さん。門をたたけ、さらば開かれん。すべて求むる者は得、尋ねる者は見出し、門をたたく者は開かるるなり（マタイ伝第七章七〜八）という新約聖書の一節があまりにも有名なだけあって、キリスト教圏には、この類の諺が殊の外多い。たとえば、カトリック圏のフランスでは、各々が己の運命の設計者であるといい、プロテスタント圏のドイツでは、勤勉は成功の母といい、正教圏のロシアでは、神に頼れ、でも悪事はするなといい、イングランド国教会圏のイギリスでは、最適な行いをすれば、神も最善をつくしてくれるといい、いずれも程度の差こそあれ、自分の運命の一〇〇%を神様に任せっぱなしにするなと戒めている。

いち早く資本主義経済が発達したオランダでは、神は働く者を助ける。というのも一番失敗のない投資だからという諺が流布し、社会主義中国を目指した毛沢東は、盛んに自力更生を説いた。

そもそも天は自ら助くる者を助くという諺だって、漢文からの借用でも、日本古来のものでもなく、サミュエル・スマイルズが一八五九年に著した《Self Help》を中村正直が一八七一年に『西国立志編』として邦訳した際に、同書の粋ともいうべき名句 Heaven helps those who help themselves をそのように日本語化したのが始まりだ。この句は、明治時代の教科書に盛んに記されてまたたく間に広まった。『西国立志編』は、明治維新直後の日本で一〇〇万部のベストセラーとなった本で、欧米列強の脅威に晒されながら、その力の源泉を自助努力の精神と見て積極的に取り入れようと意気込んでいた様子がうかがえる。

なお、スマイルズは、この句をベンジャミン・フランクリンの『貧しきリチャーズの暦』（一七三六年）の中の God helps those who help themselves から借用していて、ではフランクリンはというと、当時のヨーロッパでは広く人口に膾炙していた格言を自著に取り入れたということらしい。

それにしても、自助努力、自力更生を奨励する諺は説教臭いのが多くて、こうして列挙していくと、もうそれだけで息が詰まってくるのだが、類諺のなかでちっとも押しつけがましくないのがある。

山がマホメットの方へやって来ようとしないのならば、マホメットの方が山に向かって行くまでだ。

これを、子供の頃にはじめて聞かされたときは、キリストや仏陀にはない魅力をマホメットに感じたものだ。てっきり、この何となく間が抜けていてユーモラスな名文句はイスラムの聖典コーランに記されているもの、と勝手に思い込んでいたのだが、実は、そうではないらしい。近代西欧哲学の祖フランシス・ベーコンが一五九七年、『随想集』に収めた「勇気について」と題した小文にこの逸話を紹介してから広く世の中に行き渡ったようだ。

それによると、マホメットは民衆に向かって、

「あの山を動かしてみせる」

と豪語したものの、山はびくともしなかった。すると、マホメットは少しもあわてず、冒頭のセリフを吐いたというのだ。

では、フランシス・ベーコンは、どこでこの伝説にめぐり会ったのか。いろいろ取り沙汰されている。

たとえば、中近東あたりの民話にしばしば登場する愛すべきお調子者の主人公ホッジャ・ナスレジンの物語に似たような話がある。

あるときホッジャが、自分は聖者だと法螺《ほら》を吹いてしまい、

「では、奇跡を見せて証とせよ」

と相手に詰め寄られて引っ込みがつかなくなった。

「ほら、あそこに椰子《やし》の木が立っている。あれを、こちらに呼び寄せてご覧にいれようじゃないか」

とつい大見得を切ってしまう。もちろん、何度呼んでみたところで、椰子の木は微動だにしない。そこでホッジャは、椰子の木に向かって歩み寄りながら、

「預言者や聖者は横柄な輩《やから》ではないのだよ。謙虚さこそ聖者のしるし。もし椰子の木がわたしの方に向かって来ないのなら、わたしの方が椰子の木へ向かって行くまでなのさ」

と負け惜しみを言ったそうだ。

面白いことに、マルコ・ポーロが獄中で口述したと伝えられる『東方見聞録』の第一版は、すでに一四八四年に出ているのだが、この中にも似たような話が載っているのだ。

こちらのバージョンでは、とあるバグダッドの靴職人が、イスラムの偉い坊さんに向かってキリスト教の方がイスラム教より優れていると言ったために口論になった。言葉だけでは説得しかねた靴職人は、奇跡を起こしてみせたというのだ。つまり、実際に山を動かしてしまったと。

こちらは、「山」になっている。

「椰子の木」が「山」にすり替わっていく背景には、「山を移すほどの大いなる信仰」（新約聖書「コリント人への第一の手紙」にある。これが転じて、後々**「信仰は山をも動かす」**という諺ができた）というような、キリスト教的発想法のフィルターがかかったもの

だろうと長いあいだ思っていた。

ところが、なんとトルコの古い韻文調の諺に、こんなのがあった。

山よ、山よ、さすらえ、山よ！　もし山がさすらわないならば、聖者がさすらえばよい。

つまり、「山」はすでにイスラム圏バージョンにもあったのだ。おかげで、「山」と「椰子の木」が入れかわった方に目を奪われて大して気にもとめなかったイスラム圏バージョンとキリスト教圏バージョンのあいだの、はるかに重要な意味の転換に目が行った。前者では、「奇跡は起こらず、聖者の方が動く」のに対して、後者では、「奇跡が起こり、山の方が動く」のだ。キリスト教圏のヨーロッパが神による奇跡を信じていた暗黒の中世期、ユーラシア大陸を縦横無尽に行き来しながら活発に商業活動を展開していたイスラムは、はるかに人間の力の方を信用していたみたいだ。

すでに古代ギリシャのアイスキュロスが、**神は自ら助ける者を愛す**と書き残しているが、古代古典の人間中心主義の精神が再びヨーロッパを虜にするのは、ルネッサンス以降のことで、それまではギリシャ、ローマの遺産がアラビア語圏に背負われていたことを、おそらく諺も証しているのだろう。

Ⅱ　二〇〇四

「鶏口《けいこう》となるも牛後《ぎゅうご》となるなかれ」

むかしむかしある国にミカエルという、知性も教養も人並み以下の平凡だが人一倍ケチで小狡《こずる》くて小心な、しかし野心だけは満々な男がおり、こういう男ほど出世するもので、ついに国のナンバー・ツウに上り詰めたのだった。その国は王制を布《し》いていたので、ナンバー・ワンは国王で、それ以上のステータスは無く、ミカエルは国王に宰相として仕えていた。

宰相になってからというもの、ミカエルは、ある強烈な願望の虜になって悶々としていた。王妃の素晴らしく豊かなバストを心ゆくまでなめ回してみたいというふしだらな思いに囚われていたのだ。もちろん、実際にそんなことをしたら、待ち受けているのは極刑以外の何ものでもない。しかし、危険な願望であるがゆえに妄想は日を追うごとに膨らみ、だんだん寝付きも悪く食欲も衰えて顔色も目に見えて悪くなってきた。

御殿医のサイモンが心配して診てあげようと言ってくれる。一通り診察すると、肉体的には何も問題はない。原因は精神的なものだろう、とサイモンは結論した。それで、ついにミカエルは、サイモンに心の内を明かしてしまう。ニタニタしながら話を聞き終えると、サイモンは言った。

「僕なら、それは叶えてあげられるかもしれないな。ただね、最近物入りでさあ、金貨千枚ほどあると助かるんだけどなあ」

ミカエルはもちろん、サイモンに抱きつかんばかりにしてその提案に飛びつき、本当に夢を実現してくれたら必ず金貨を用意すると誓ったのだった。

翌日サイモンは、痒《かゆ》みを誘発する薬を調合し、配下の看護婦に頼んで、王妃が入浴中に、王妃のブラジャーにほんのちょっぴり垂らしておいた。ブラジャーを身につけてしばらくすると、王妃は凄まじい痒みに襲われる。時が経つほどに痒みは耐え難いものになっていくのだった。ついに国王夫妻の寝所に呼びつけられたサイモンは、王妃を診察した上で言った。

「この痒みを取り除くことができますのは、一〇〇万人に一人という特殊な唾液で、新鮮な唾液を、畏《おそ》れ多くも妃殿下の痒みのある部分に三時間にわたって塗り続ける必要があります。幸いにも、宰相ミカエルが、この貴重な唾液の持ち主でございます」

国王はすぐさまミカエルを呼びつけ、王妃の胸を丹念になめるよう命じた。ミカエルはかしこまってうつむきながら目立たないように、サイモンが予め調合してくれた痒みを除去する薬を口に含んだ。そして三時間にもわたって王妃のふくよかなバストを堪能したのだった。

こうして満ち足りたミカエルが自室に引き揚げてきたところ、扉の前でサイモンが待ち受けている。すぐにも約束の金貨千枚をよこせと言うのだ。ところが、すでに長年の夢を叶えてしまったミカエルは、とぼけてしらを切るばかりである。

「えっ、何のこと？　僕は国王殿下の命令に従っただけなんだけどなあ」

サイモンも共犯であるからして、絶対に国王に言いつけたりできないはずだと踏んだのだ。こういう悪知恵だけはよく働く男である。可哀想に、サイモンはすごすごと引き揚げていった。

翌日、サイモンは、またあの看護婦を使って、国王が入浴中に、国王のパンツのちょうど股間のあたりに例の痒みを誘発する薬をふんだんに染み込ませておいた。まもなくミカエルが国王の寝所に呼びつけられたのは言うまでもない……六時間経っても一向に痒みの取れない国王の股間およびケツの穴をなめ回しながら、ミカエルはおのれの運命を呪った。

「あーあ、**国のナンバー・ツウでいるより、村のナンバー・ワンでいる方がましかも**。故郷に帰ろうかな」

平凡な男の頭に浮かぶことだから、決してオリジナリティーがあるわけではない。おそらくプルタルコスのパクリ。

プルタルコスの『対比列伝』（通称『英雄伝』）によると、ガイウス・ユリウス・カエサルは、ガリア遠征に向かうアルプス越えの際に、とあるみすぼらしい集落を通りかかった。そのとき、しばし立ち止まって、次のように一人ごちたそうだ。

「ローマでナンバー・ツウに甘んじるぐらいなら、この小さな村でナンバー・ワンになる方がいい」

もっとも、本当にカエサルがこういう言葉を吐いたのかどうかは大いに疑わしい。というのは、プルタルコスは、いわゆる歴史学者ではない。丹念に史実を掘り起こして、それを正確に記すことが目的で、歴史物語や伝記を著したわけではない。古代世界の英雄や有名人にまつわる逸話や伝説を引き合いにして生き生きとした人物像を創り出すことで読者に道徳的手本を提供する。それが、プルタルコスの創作手法。だから、歴史的事実の正確さという意味では、全く信頼されていないのだ。その代わり、物語としては滅法面白いので、人々の心に残り、結局、今も語り継がれている。

というわけで、カエサルが実際には言わなかったかもしれないが、英雄の名誉欲や心意気をものみごとに捉えたこのセリフは、次のようなバージョンで、以後またたくまに世間に広まった。

「村で第一人者となる方が、都会で第二人者となるよりいい」

ヨーロッパ各国語の慣用句集を引くと、ほぼ必ずこの言葉は登場する。

さて、実際にカエサルがこの名文句を述べたとすると、それは、紀元前五八年から五一年頃のこととなる。フィクションだとすると、プルタルコスが、これを創作したのは、その一五〇年後の西暦二世紀、古代ローマの五賢帝時代ということになる。

ところが、カエサルがこのセリフを口走ったのかもしれない時点よりも三〇〇年も前に、ローマからはるか東の地で、そっくりな文句を発しながら東奔西走する男がいた。

「寧《むし》ろ鶏口となるも、牛後となるなかれ」

男の名は蘇秦《そしん》。前四世紀頃、西の大国秦に対して、東側の六国が南北に同盟を結んで対抗しようというあの有名な合従策を説いた政治家である。

右のセリフは、蘇秦が、燕《えん》の文侯、趙《ちょう》の粛侯、韓の宣恵王、魏の襄王、斉《せい》の宣王、楚の威王ら六国の指導者たちに、大国秦の属国なんかになり下がるな、小国たりとも独立国の王者としての誇りを持って対抗せよ、と合従策を遊説して回ったときの、口説き文句だったみたいだ。今なら、さしずめヨーロッパ諸国がEUに結集することでアメリカの言いなりにならない経済的社会的基盤を創り出したように、日本も属領状態から脱してアジア諸国との共同体を創ろうと呼びかけたようなもの。

この故事は、司馬遷が紀元前二世紀から一世紀にかけて著した『史記』の『蘇秦列伝』に紹介されている。

しかし、司馬遷もまた、東のプルタルコスみたいな人で、いやプルタルコスの方が後だから、西の司馬遷ということになるのか、多くの歴史学者は、この故事そのものの史実を疑っている。今では、合従策は、単なる伝説に過ぎないとさえ言われているのだ。

それでも、蘇秦があたかも発したことになっているこの名コピーは、「大集団の末端に連なるよりは、小集団の長となれ」という意味で、今でも、たとえば、脱サラして企業を興そうとする人が、「一国一城の主」とともに自分を叱咤するときなどにしばしば用いる慣用句になっている。

東西に奇しくも同じ趣旨の慣用句を見つけて思う。そんなに権力の頂点に立つのはいいものだろうか。

たしかに上に立つからこそよく見えることもあるかもしれない。たとえば、ロシア帝国という大集団の頂点にいたアレキサンドル二世は、

「農民が下から、自らを解き放つのを手をこまねいて待つよりも、上から解放してしまった方がいい」

と、すでに一八五六年三月三〇日、モスクワのクレムリン宮殿の大広間で居並ぶ貴族たちを前に演説している。ロシア各地で農民反乱が勃発し、国民のあいだに農奴制が廃止されるという噂が飛び交い、それを懸念した貴族たちの不安を鎮めてくれるよう、モスクワ知事のザクレフスキイのたっての希望に応える形で行った演説だった。ザクレフスキイ自身は、頑強な農奴制維持論者だったので、ずいぶんガッカリしたことだろう。

そして、五年後の一八六一年、アレキサンドル二世は、ついに農奴解放令を発布した。

まさに右の見解に基づいてのことだった。この結論の基になったのは、秘密警察からの報告である。

当時、第三科と呼ばれた秘密警察は、国民各層の政治思想状況の綿密な観察・分析をまとめた年次報告を皇帝に直接提出していた。一八三九年度の報告には、不穏になってきた農奴たちの動きについて次のように記している。

「国民の意識は、今やたった一つの目的に、すなわち農奴制廃止に収斂《しゅうれん》しつつあります」

「遅かれ早かれ、いかなる端緒からであれ、着手すべきであります。願わくは、徐々に慎重に。国民の側から、下から始まるよりも、その方がはるかにマシです。なぜならば、政府自身によってひっそりと大騒ぎなどせずに行われた場合のみ、それは賢明な斬新的なものとなるからです。そして、これは避けられないことであり、農民層が今や火薬のごときものになっていることだけは、誰もが認めるところであります」

秘密警察からの報告を冷静に受け止め、歴史的決断をしたアレキサンドル二世の英邁《えいまい》は今も讃えられている。たしかに頂点にいたからこそ良く見えたのだろう。しかし、それは一方で、権力を覆されることを恐れて、四六時中神経を研ぎ澄ましていなければならない辛さをも思い知らせてくれる。

実際、この解放令から五六年目に君主制は廃止され、アレキサンドル二世から数えて三人目の皇帝ニコライ二世は、家族とともに革命政権によって惨殺されて、ロマノフ王朝は幕を閉じた。

ゴルバチョフが大統領辞任によって七〇余年にわたるソ連邦の歴史に幕を閉じたやり方も、アレキサンドル二世をなぞっていると言えなくもない。

ちなみに、周知の通り、ローマ帝国の第一人者となったカエサルは、元老院登院途上、政敵たちに取り囲まれた。襲撃者の中に可愛がっていた甥の顔を認め、絶望のあまり抵抗をあきらめ、

「ブルータス、お前もか」

のセリフとともに息絶える。

また、合従同盟の長となり、六国の相をかねた蘇秦は、ライバル張儀の連衡策に破れ、逃亡生活の末、刺客に殺された。

ところで、前一世紀のローマと前四世紀の中国で、本当に偶然に同じ諺が生まれたのだろうか。

というのは、世界各地に似通った慣用句があるからだ。たとえば、

ライオンの尻尾でいるぐらいなら、犬の頭でいた方がまし・馬の尻尾になるよりは犬の頭になる方がいい（イギリス）／大きな船に雇われるよりは、ボートの持ち主でいる方がいい（マケドニア）／大きな池の小さな魚でいるより、小さな池の大きな魚でいる方がいい（ノルウェー）／大魚の尻尾より鰯の頭（スペイン）／一年メンドリでいるよりは、一日

でもオンドリでいた方がまし（イタリア）／チョウザメの尻尾でいるぐらいなら、カマスの頭になる方がまし（ロシア）／竜の尻尾でいるよりはロバの頭になる方がいい（オランダ）／最底辺の貴族になるぐらいなら、農民兵団の長になった方がいい（フランス）

などの諺は、いずれもローマ帝国崩壊後に、人類史的にはごくごく最近になって生まれた国々に伝わるものだから、例のプルタルコス伝えるところのカエサルの名台詞が代々口から口へと語り継がれて変形したものとも思えるのだ。

いや、尻尾と頭という喩えの使い方から類推するに、もしかして司馬遷伝えるところの蘇秦の台詞が流れ流れてのなれの果てかもしれない。シルクロード沿いのウイグルの慣用句に、

「雄牛の足となるよりは、子牛の頭となる方がよい」

というのが、あるからだ。いや、いや、これこそが、蘇秦の名文句のモトネタだったのかもしれない。

もっとも小国の長でも、大国の属領に甘んじている限りは、あまり意味はない。この間、ブッシュの股間とケツの穴を舐め回すほどにお仕え申し上げる小泉の姿を見せつけられて、つくづくそう思う。

「甘《あま》い言葉《ことば》には裏《うら》がある」

　Sは朝から頬がゆるみっぱなしだった。周囲に気付かれないよう、うつむいてはいるが、昨晩のK子の姿態が思い出されてきて時々ふふふと嬉しさが声になって漏れてしまう。何て自分は運がいいのだろう。二〇年かかってようやく事業が軌道に乗ったところで、骨身惜しまず尽くしてくれた古女房は心筋梗塞で逝ってくれた。それはショックだったし、一週間は泣き暮らしたが、おかげで自分より一回りも若い飛び切り美しいK子と大威張りで再婚することができた。

「今日は調子がいいようだねえ」

　K子に声をかけると、振り向いてニコッと微笑んだ。ここは新婚旅行でやって来たハワイのホテルの敷地内にあるゴルフ場だ。周囲の男たちの視線は自然にK子に注がれてしまう。本当にふるいつきたくなるようないい女だ。それにしても、よく飛ばしている。ゴルフ場は、アメリカ本国の金持ちが建てた瀟洒《しょうしゃ》な邸宅が並ぶハワイの高級別荘街のど真ん中にある。一軒数百万ドル、いや数千万ドルはするだろう。

「おいおい、K子、気をつけてくれよ。お屋敷の窓ガラスなど割ってしまった日にゃあ、百ドルじゃあすまないからね」

　ところがその直後にK子が打ち上げたボールはとりわけ立派なお屋敷の巨大な窓ガラスに見事命中したのだった。

「あーあ、だから言ったじゃないか!!」

　思わず声を荒らげると、K子が泣きそうな顔をしたので、あわてて慰めた。

「大丈夫だよ、オレも一緒に行って謝ってやるからさ。さあ、行こう。急いだ方がいい」

　そう言いつつも、一体いくら請求されることやら戦々恐々である。

　豪勢な玄関扉の傍らにあるインターホンを押して名乗り、窓ガラスの件で謝罪すると、

「お入り下さい」

　との声。扉を押して中へ入ると、そこは大広間で、巨大な窓ガラスが粉々に砕け散っていた。そして窓辺には、いかにも由緒ありげな陶器の水差しが真っ二つに割れていた。SとK子の顔からサーッと血の気がひいたのは言うまでもない。

「てことは、あんたたちが、この窓と水差しを割ってくれたんだね」

　しゃがれたバリトンの主は、ソファーに腰掛けた痩せぎすの老人だった。いやに派手な紫色のゾロリとしたシルクサテンのガウンを羽織っている。

「ああ、申し訳ありません。どうかお許し下さい。決して悪意を持ってしたわけではありません」

夫婦は男の前で文字通り平身低頭した。

「さあ、いいから頭を上げなさい。あたしはむしろあんたたちに感謝しているのだよ」

老人は妙なことを言い出した。

「あたしはね、何を隠そう、実は魔神なんだ。この水差しに二千年間も閉じこめられていたのが、あんたたちのおかげで自由になった。お礼に、三つの願いを叶えて進ぜよう。御主人の願いを一つ、奥方の願いを一つ、そして最後にあたしの願いを一つってわけだ」

「ではお言葉に甘えて遠慮せずにお願いします」

Sは魔神の気が変わらぬうちにと、間髪入れずに申し出た。

「わたしの願いは、毎年一億ドルずつ受け取り続けること。それも死ぬまでずーっとです」

「そりゃあ、お安い御用だ」

老人はそう言って、パチンと指を鳴らして得意げに宣言した。

「ご希望通りになりますよ、毎年クリスマスイブには、貴殿の銀行口座に一億ドルが振り込まれているはずです。さて、では奥方の願いは?」

「できれば、このお屋敷級の豪邸をロンドンとパリとニューヨークとミラノと東京に一軒ずつ」

「それもまたお安い御用だ。それにしても欲のないご夫妻ですな」

老人は再びパチンと指を鳴らした。

「これで奥方の願いは叶いましたよ」

「では、貴殿の願い事は」

と恐る恐るS。

「わたしたちは、あなたと違って魔法は使えませんから、お手柔らかに願いますよ」

老人は分かったというふうに肯くとしばらく口をつぐんでいたが、ジロリとSを見据えたかと思うと、意を決したように一気にしゃべった。

「考えても見てくれたまえ。あたしはこの窮屈な水差しの中に二千年も閉じこめられていたんだよ。その間、まったく女っ気無しだ。二千年ぶりに見た女が奥方なんだ。もー発狂しそうに欲情してるんだよ。とにかく奥方とセックスさせて欲しいんだ」

数億ドルの支出を覚悟していたSは、拍子抜けするほど安心したものの、ここは妻のK子次第である。

「そうですね、大金をたんまり頂いた上に……（チラッとK子の方を見やりながら）豪邸を五つもプレゼントしてもらったわけですし……（K子が同意の印に肯いたので、ホッとしつつ心中穏やかならざるものの）まっ、わたしとしては、妻さえ嫌でないのな……」

と言い終わらないうちに、老人はK子を抱きかかえるように二階の寝室に連れ去った。

そして絶倫ぶりを発揮して丸々二時間ぶっ通しで勤しんだ。ようやく力尽きて、K子から身体を離しながら尋ねたのだった。
「それで、あんたの亭主はいったい何歳なの？」
「そうねえ……（声を発するのもやっとという感じでK子はささやいた）五月末には四三になるかしら」
「へえーっ、奇特なヤツだねえ、四三歳にもなって、まだ魔神が実在すると信じているなんて」

そう、まさに欲に目が眩《くら》む。あまりにも欲望に囚われると、人間は目が曇る。正常な判断力が鈍る。猫はミルクを見て棒で打たれることを考えない（インド）し、喉（＝貪欲）には死が見えない（ソマリア）のだ。

だから、ほとんどの詐欺師は、カモにすべき相手の物欲とか肉欲とか名誉欲とか権力欲とかの世俗的な欲望を適当に刺激することで、事態を醒めた目で客観的に見つめる力を眠らせて、逆にすすんで多大な支出や損失をしでかすようにし向けるものだ。

世の中そんなに美味しい話が都合よく転がっているはずはない。儲け話には裏がある（俗諺）・気をつけよう、うまい話と甘い汁（俗諺）・どんな美しい薔薇にも棘《とげ》がある（五大陸全ての国にこの諺はあり、発祥は中央アジアか？）・甘い蜂蜜には蜜蜂（タジキスタン）／河豚《ふぐ》は食いたし、命は惜しし（日本）／恋には邪魔がつきもの（ブルガリア）／外面如菩薩内心如夜叉（日本）と、まずは疑ってみようとする警戒心を膨張させられた欲望は簡単に解除してしまう。

しかし、百の命令も貪欲ほどに人を動かさないとインドの古典にあるように、人間は欲に突き動かされて動く。命令に従うのでさえ欲を満たすためであることが多い。義は君子を動かし、利は小人を動かすと漢の王充も『論衡』の中で説いている。

そして、欲には際限がない。一寸与えれば一尺欲しがり、一尺与えれば一尋《ひとひろ》欲しがる（インドネシア、マレーシア）し、乞食の袋は決していっぱいにならない（ギリシャ）ものだ。金とゴミは貯まれば貯まるほど汚くなる、富は貪欲の母（コロンビア）なのだ。

だから、過度な貪欲は身の破滅につながると戒める諺は多い。喉を通らないものを呑みこめば息が詰まる（ソマリア）し、肥えた羊の命は短い（ウズベキスタン）のである。実際にイタリア人、フランス人、中国人など、グルメな大食漢民族の平均寿命は短い。

欲の熊鷹股裂《くまたかまたさ》ける は、熊鷹が、二頭の猪の背に両足の爪を食い込ませて放すまいと頑張ったものの、驚いた猪がそれぞれ別な方向へ逃げ去ったので、股が裂けて死んだという面白い説話に基づいてはいるが、あまり人口に膾炙していない。虻《あぶ》も蜂もと欲張ると、結局どちらも捉えられないと戒める虻蜂捕らず（日本）の方が多用されているが、それも明治維新の頃ヨーロッパ各国で愛用されている If you run after two hares, you will catch neither の翻訳バージョン、二兎を追う者は一兎をも得ずが広まってからは、すっかり影が薄くなったみたいだ。

このように欲張って同時にいくつものことをしようとすると失敗すると説く諺は少なくない。A maiden with many wooers chooses the worst＝求婚者の多い娘は最悪の人を選ぶとか、You cannot eat cake and have it＝食べてしまったケーキを手に持つことはできないとか、Don't have too many irons in the fire＝炉の中に蹄鉄を入れすぎるなとか、Between two stools you fall to the ground＝二つの椅子のあいだに座れば尻餅をつくとか英語の諺には、とりわけこのタイプが多い。

なのに、イラクの復興利権と石油利権を独り占めした上で、復興に資金と人員を出せと国際社会に迫るブッシュの英語力も教養も本当に怪しい。膨大な対イラク債権を抱えるフランス、ドイツ、ロシア、中国が、それに反発するのは当然で、各国中最大の対イラク債権を放棄してまで、その要求に唯々諾々と応じているのは、日本ぐらい。国際社会で日本が馬鹿にされるのは、この奴隷根性ゆえであって、決して正式な（要するに国家の名において人殺しをすることを認められた）軍隊を持たないことではない。なお、国益を平気で放棄している政治家に限って、国益や愛国主義をやたらに鼓舞するのも定石ではある。

イラクに日本の自衛隊が派遣されるのは、アメリカのイラクにおける大義無き戦争を正当化するためにでも、イラクにおけるアメリカの権益を守るためでもなく、「国際貢献」（名誉欲）と「国益重視」（物欲）のためなのだ。詐欺師の文法に忠実に、大衆の欲望を刺激することで、己の大欲を巧みに隠しつつ実現してしまうという手口である。

まさに『戦争プロパガンダ10の法則』（アンヌ・モレリ著　永田千奈訳　草思社）に記されている通り。

ベースになっているのは、アーサー・ポンソンビーが著した『戦時の嘘』（一九二八年）。ポンソンビーは、第一次大戦前後に、イギリス政府の戦争動員政策に果敢に反対し続けた政治家で、「国民に義憤、恐怖、憎悪を吹き込み、愛国心を煽り、多くの志願兵をかき集めるため、『嘘』をつくりあげ、広めた」として、政府が国民を戦争に動員していくために用いる嘘のつきかたに一〇のパターンがあるのを発見した。

モレリは同書の中でこのポンソンビーが導き出したマインド・コントロールに多用される一〇のレトリックを紹介しつつ、二つの大戦から湾岸戦争、北大西洋条約軍によるコソボ爆撃、アメリカのアフガニスタン空爆までに戦争当事国の政府が振りまいた嘘の数々を具体例としてあげている。もちろん、今のイラクに対する攻撃とその後の占領政策においても、ブッシュやブレア、小泉の吐く台詞があまりにもここに記されたパターンに当てはまるので、ちょっと怖くなるくらいだ。

百年一日のごとく各国国民は騙され続けているわけで、全く学習能力がないのも悔しいので、一応、この一〇のパターンだけは押さえておこう。

まず戦争を始める為政者は、必ず「われわれは戦争をしたくはない」（第一の法則）と主張する。争いを憎み平和のために最大限努力したのに、「敵側が一方的に戦争を望んでいる」（第二の法則）のだと。それもこれも「敵の指導者は悪魔のような人間だ」（第三の法則）からで、「われわれは領土や覇権のためではなく、偉大な使命のために戦う」（第四の法則）のだ、と自分たちの戦争の神聖さを強調する。あのヒットラーの側近ゲーリングでさえ、自国の労働者に向かって、「ドイツは戦争を望んではいない。だが、欧州を戦火にまきこもうとする者があれば、われわれドイツは防衛のために立ち上がるだろう」とアジっているのだ。

しかし実際に戦争になれば、一般市民の殺傷に関する情報も入ってくる。厭戦《えんせん》気分の広がりを阻止するため、「われわれも誤って犠牲を出すことがある。だが敵はわざと残虐行為におよんでいる」（第五の法則）と自己弁護と同時に敵の邪悪さを強調する。「敵は卑劣な兵器や戦略を用いている」（第六の法則）と、あたかも自分たちは正々堂々と卑劣ではない兵器を用いているかのような口ぶりをする。にもかかわらず、「われわれの受けた被害は小さく、敵に与えた被害は甚大」（第七の法則）と数字の操作をし、「芸術家や知識人も正義の戦いを支持している」（第八の法則）と御用文化人や御用作家を動員し、それもこれも「われわれの大義は神聖なもの」（第九の法則）だからこそであることをことあるごとに喧伝し、従って、国民たる者、この戦争に協力するのは当然で、「この正義に疑問を投げかける者は裏切り者である」（第十の法則）、非国民である、ということになる。

「能《のう》ある鷹《たか》は爪《つめ》を隠《かく》す」

この五月で満八〇歳になるT翁。S「財閥」と俗に言われるSグループの会長で、今でも政財界に隠然たる影響力を持っている。アニマルとかモンスターとか呼ばれる怪人物で、その過去については未だに諸説紛々ある。戦災孤児だったのが、仲間とともに軍の隠匿物資を闇市に横流しして大儲けしたのを独り占めし、それを元手に金貸しをして、元華族のMにも大金を与えてがんじがらめにしてその令嬢を略奪したとか。大陸からの引き揚げ者で駐留していた占領軍のお偉いさんに取り入っていくつかの謀略事件の使い走りをやった見返りに特需関係の利権を得て朝鮮動乱を機にボロ儲けをした。それがS「財閥」の元手となったとか。

とにかくその資産は天文学的な数字に達すると噂される。また、好色度もアニマルとあだ名されるだけあって、妻妾の数だけでものべ二桁に及ぶため、認知した子の数も半端ではなく、T翁が年を重ねるごとに、T翁亡き後の遺産相続をめぐる修羅場をゴシップ・マスコミは待ち望んでいるのであった。

目下、法定相続者たちの最大の気がかりは、T翁が最近邸に引き入れたまだ二〇歳にも満たない女。他の女たちに一切目をくれなくなり、ひたすら入れあげている様子なのだ。女は図に乗り、わがまま放題なのだが、誰もが唯々諾々とかしずき、異を唱えたりしない環境に長くいるT翁にとっては、それがまた新鮮で、可愛くて、女の言うがままに振る舞うのが嬉しくてたまらないらしい。

T翁が女の言いなりになる理由はもう一つある。女を満足させてやれない後ろめたさ。アレが立たなくなってもうすぐ三年になる。この女ならば立つのではないか、と何度も挑むのだが、未だにうまくいかない。

主治医に相談すると、転地療法をすすめられた。

「葉山に別荘をお持ちでしたよね。湘南の海のヨットの中なんてのはいかがですか？　潮風はときどき、奇跡をもたらしますよ」

T翁が社会的に成功してきた秘訣はその決断の早さと実行力にある。今回も翌日の午後には、T翁は女とともにヨットの中のベッドルームにいた。そして、なんと潮風が奇跡をもたらしたのである!!

三カ月ほど経ったある日のこと、女が、

「どうしよおー、なんだか吐き気がするうー。生理も止まったみたいだしいー」

などと言い出すものだから、T翁は有頂天になった。いそいそと病院に付き添っていく始末。女が診察を終えて出てきたのと入れ替わりに、医師は診察室にT翁を招き入れた。

手放しに祝福されるものと期待していたのだが、医師はT翁を座らせると、おもむろに話し始めた。

「こういう仕事をしていますと、ストレスがたまりましてね。それが患者さんに悪影響を及ぼさないようになるべく素早く解消するよう努めています」

「………」

「それで、わたしの場合は、その手段がハンティングなんですよ。獲物を狙うときに集中しますでしょう。それで日頃の雑事が頭の中から吹っ飛んでしまうんですなあ」

「そんなことより、先生、あの子は妊娠してるのかどうか、それをハッキリさせて下さいよ」

イライラしながら催促するT翁を医師は静かにたしなめる。

「はい、今そのことに関連してお話し申し上げているのです。もう少し我慢してお聞き下さい。

あるとき北海道の森林地帯に狩りに出かけましてね、狙った獲物をことごとくはずしまくりました。みごとな鹿を逃したときにはドッと疲れが出て木陰で休んでおりましたら、いきなり目の前に、そう五、六メートルほど先だったと思いますが、熊が現れたんですよ。途轍《とてつ》もなく大きな熊で、わたしに向かって歩いてくる。慌てましたねえ。一方でハンターとしては興奮しました。急いで銃を手に取り、熊の眉間に狙いを定めて引き金に力を込めました。カシャという音がして、ズドーンという銃声に続いて熊がドサッと倒れました。駆け寄ってみると、間違いなく眉間に命中しています。

でも何か変なんですよ。気になりましたのはね、あのカシャという虚ろな音なんです。ズドーンという銃声もちょっといつもと違うような気がしてきて。銃を確かめると、銃弾カセットが入っていないではありませんか。さっき木陰で休むときに、空になったカセットを外してたんですね。新しいのを入れる前に熊が出てきたものだから、慌てて銃を撃ったけど、弾無しだったんです。そのことを思い出していよいよ首を傾げました。変でしょう。無かったはずの弾が熊の眉間に命中してる。どうして、そんな魔法みたいなことが起こると思いますか？」

「ハハハハそりゃあ、君、簡単だよ。君の背後に別なハンターがいて、そいつが熊を仕留めたに決まってるじゃあないか」

「さすがですね、図星です。今診察申し上げたお嬢さんは確かに妊娠なさっておられますが、T様の分泌なさる液体にはもう五年ほど前から精子が含まれておりませんのですよ」

「………」

というわけで、一九四〇年代に上海で活躍し人気作家だった張愛玲もその代表作『金鎖記』に記しているように、「密通をする者は感づかれないようにする」ものなのだ。もっと古い同じ中国の諺に従うならば、会捉老鼠的猫児不叫、要するに、鼠をとる猫は鳴かないのである。

もっとも、後者は、どちらかというとプラスのイメージを前面に押し出している。能ある鷹は爪を隠すとか、縁の下の力持ちといった、能力ある者ほど、むやみにその能力を見せびらかしたりしないという教訓を含んでいる。

類諺は際限なくある。

美人は言わねど隠れなし（今だとセクハラものの諺だが、ＣＭもテレビもビジュアル重視なのは変わらない）（日本）

桃李もの言わず、下自ずから蹊《けい》を成す（今では道路建設にたかる企業、議員のことか）（中国）

本物の英雄は、オレこそが英雄だなどと言わない（北朝鮮の金親子にはピッタリ当てはまる）（フィリピン）

良い魚は海の底深くを泳ぐ（マルタ）

何かを創り出す者、意図を口に出さず（スワヒリ）

良い酒にはツタの看板は要らない（居酒屋がワインの印に葡萄のツタを入り口の辺りに這わせて客寄せしたのを皮肉っている）（オーストリア）

一杯になった壺の水はこぼれない（水を汲んだ壺を頭上や肩に乗せて運ぶ際、水が一杯

になっていると表面張力のおかげでこぼれないのに、水が少ないと波立ってこぼれてしまう)(スリランカ)

裁縫のできない娘は歌いたがる。乳の出ない雌牛は、鳴きたがる(これもウーマンリブの人たちがヒステリーを起こしそうな性別分業主義に基づくセクハラかもしれないが、何百年も続いてきた伝統的な生活習慣の力には圧倒される)(モンゴル)

流れが静かなところは、底が深い(ロシア)

浅瀬に徒波《あだなみ》(日本)

などなど、声高に己の存在感を誇示する者の無力を笑い、人知れず密かに、しかし着々とことを成し遂げる人の実力と謙虚さを讃えている。

そして最近気付いたのだ。日本という国もまた、世界に稀なほど謙虚な**縁の下の力持ち**であることを。能が有り余るほどあるのに爪を隠す美学に基づいて生きる国だったことを。オレがオレがと各国が自国の存在感を見せつけてツバ迫り合う中で、これほど自分の「国際(=アメリカ)貢献」をひた隠しにしている国も珍しいのではないだろうか。

長期にわたる不況で国民は疲弊しているのに、社会福祉予算をどんどん削り切りつめ、老後の年金まで縮小していきながら、二〇〇二年一〇月現在で三〇〇兆円もの米国債を保有しているのである。かつて橋本首相は、あまりにもアメリカの対日要求が理不尽なので、この日本が買い支える米国債を引き揚げるというオフレコ発言をしたために、権力の座から引きずり下ろされたという話がリアリティーを持つほどに、財政赤字と貿易赤字という双子の赤字をかかえる米国債を保有し続けるというのは、財政政策の常識に反し、日本の国益を犠牲にした異常な「貢献」なのである。

それだけでは飽きたらず、さらに日本政府、日銀による米国債の購入は続いている。たとえば、平成一四年以降続いた円高が今年二月初め以降円安基調になったのは、日本政府と日銀がこの間実施してきた三三兆円にも及ぶ「円売り、ドル買い」といわれる米国債の購入による市場介入が功を奏したといわれている。ところが、三月に入って、再び円高、ドル安基調が復活してきて、政府・日銀の「円売り、ドル買い」介入を伝えるニュースを耳にすることが多くなった。

「二〇〇三年度の介入実績が二〇兆円を突破し、今年に入ってからは、一月、二月のわずか二カ月で一〇兆円を超え、三月の第一週だけでも三兆円というすさまじさなのである」(夕刊フジ〇四年三月一九日付)

かつて財務官時代の一九九七年からの二年間に四兆五〇〇〇億円もの異常な市場介入をして「ミスター円」と呼ばれた榊原英資をはるかに上回る介入ゆえに、現財務官溝口善兵衛のことを、米経済誌『ビジネスウィーク』アジア版三月二二日号は、「ミスター・ドル」と皮肉り、イギリスの経済誌は、

「とてつもないドル買いで、米経済を支える溝口財務官が大統領選の鍵を握る」

とまで揶揄《やゆ》している。

『ニューズウィーク』誌〇四年二月一一日号では、投資家のピーター・タスカ氏に、「日本政府は国内で歳出を抑えているのに、海外では何一〇兆円もの金を平気で投じている。日本の大手輸出企業の利益を守り、アメリカの中流階級の過剰消費を支えるためだ」とまで「褒め称えられて」いる。黙々と円売り、ドル買いを続ける。涙ぐましいではないか。日本政府による円売り・ドル買い介入が米国の経常赤字をまかなう構図ができあってしまっているのだ。アメリカのイラク攻撃を縁の下で支える日本。美しいではないか。いくら介入しても、戦争が公共事業になっているアメリカは今後も湯水のように軍事費を浪費し続けるだろう。アフガニスタンもイラクも泥沼化しているから、戦費はかさんでいく一方だ。アメリカ兵の死傷者数も増え続けているから、いくらメディアを統制してマインド・コントロールをはかっても、ブッシュの支持率は下降していくばかり。これを食い止めるために、さらに財政支出を続けるから、ドル安は今後も続く。このままいくと、米国債の暴落もある。もう底なし状態だ。このウワバミ状態のブラックホールに日本国民の血税と年金基金や郵便貯金やらを際限なく注ぎ込むのだから、今現在の日本の国民生活のみならず、将来の国民生活まで棒に振っているのだ。これぞ自己犠牲の鑑《かがみ》ではないだろうか。日本の国債を安く買えた外国投資家はボロ儲けする代わりに、下がる一方の米国債など抱え込めば抱え込むほど大損である。

政府も日銀も「国益のため」と言い訳するが、もちろん、日本の「国益」ではなくて、アメリカの国益のことを言っているのだ。日本の大手輸出企業にとっては円安が利益に繋がるかもしれないが、それが全国民の利益に繋がるわけではないから。

ドル安は、アメリカ製品の輸出を促す一方で、アメリカに投資している外国資本が逃げ出す契機となる。ドル安は、アメリカ経済をさらに不安定化させ、ドルの基軸通貨としての地位を危うくする。ドルが基軸通貨であることによって、ドル建て債務が利益になるという構造がある。ドルが世界各地で流通するため、一部はアメリカ本国に環流せず、その分債務の支払い義務が生じないからだ。借りたものを全く返さなくともよくなるという美味しすぎる立場にいるのだ。この地位を何としても守り抜く。そのためにこそ、「国際テロリズム」との戦いというシナリオを描いて、弱小国に対する絶え間ない戦争をしかけ、アメリカの存在感を世界にアピールし続けているのだ。

しかし、そのためには、ドルのレベルを維持しなくてはならない。市場至上主義者のネオコンが、市場介入に頼っている、という皮肉な構図。その汚れ役を、あたかもアメリカのためではなく自国のためのような振りをして黙々と演じてくれる手下が、小泉日本。ああ、何という美談。涙が止まらない。

「蟹《かに》は甲《こう》に似せて穴《あな》を掘《ほ》る」

見た目のよい若い男が玄関のベルを押す。

扉を開けたのは、真っ昼間にしてはいやに化粧の濃い、郊外の団地には場違いに派手な服を着た女で、いきなり大きく開いた胸元をこれ見よがしに突き出してきたものだから、男は思わず後ずさった。

喉がカラカラに渇いている。それでも何とか言葉を絞り出した。

「……しししし市の水道局の者なんですが、メーターの定期検針にまいりました」

「あら、それが本当だって証拠はあるのかしら」

女は男の顔と身体に素早く視線を走らせながら言った。そして男が面食らっているところへ追い打ちをかけるのだった。

「少なくとも、あなたが色魔でないって証拠は無いわけよねえ。ああ汚らわしい!! 今この部屋にはあたし一人しかいないのをいいことに強引に部屋に上がり込んであたしの貞操を奪おうと狙っているんじゃないでしょうね。夫は時間にとても正確な人で、今晩きっかり七時一五分に帰宅するってことを百も承知で長居するつもりじゃないんでしょうね」

というわけで、人の言動というものは、結局当人の願望や価値観や想像力の範囲にしか及ばない。だから、他人の心を読むつもりで、人はしばしば己の心をさらけ出してしまうのだ。小さな鳥は小さな巣しか作れない（クロアチア）し、絨毯の寸法の範囲にしか手足は伸ばせない（イラン）し、上着は生地の大きさに合わせてできている（スリランカ）し、小川は決して海にはならない（スリランカ）ものなのだ。

「蟹は甲に似せて穴を掘る。人は心に似せて家を営む。されば、家に大小あれば、心に大小あり」

と沢庵和尚も『東海夜話』の中で言っている。もっとも、「蟹は甲に似せて穴を掘る。鳥は翼に従って巣を作る」という言い方は、すでに江戸初期の頃から流布していたようで、俳諧『毛吹草《けふきぐさ》』や狂文『四方《よも》のあか』にも登場している。

川際に棲息する蟹の生態を観察すると、蟹の出入りする穴は、本当に甲羅の大きさに合わせて掘られているらしい。生物学的にも正しい諺ということになるが、もちろん、蟹や鳥に託して、人は己の精神的力量に応じた言動しかできない、と言っているのだ。逆に穴から甲羅のサイズや形状が分かる、言動からその人間の心根も推し量れるということ。

さる四月八日の夜、イラクの武装グループが、三日以内に自衛隊を撤退させなければ人質にした日本人三人を焼き殺すと声明した。そのニュースが駆けめぐる最中、小泉首相は赤坂プリンスホテルで安倍幹事長ともども、新聞社幹部数人と会食していた。アルジャジーラから外務省に邦人拘束の情報が寄せられたのが午後六時二〇分。六時三〇分には朝日新聞外報部にも同様に連絡が入っている。「同四〇分、ホテルの会食会場に現れた首相は第一報をキャッチしてたはずだが、顔色一つ変えずビールとワインを飲み、ステーキを平らげた」「首相はふだんと変わりなく、冗舌で上機嫌だった」「日朝関係から宰相論まで縦横に語り、熱弁を振るう首相のかたわらで安倍幹事長の携帯電話がしきりに鳴り、安倍氏は何度も席をはずした。『そろそろ』と安倍氏に促されてお開きになったのが八時半ごろ」と一〇日付け毎日新聞は伝えている。七時には官邸に在イラク邦人人質事件対策室が設けられているのだが、官邸の主はそこへは立ち寄ることなく、待ちかまえる記者たちに、「卑劣なテロリストに屈して自衛隊を撤退させることはしない」とだけコメントして、午後八時五八分には東京・東五反田の仮公邸に引き揚げてしまった。

人質の家族は肝を冷やしたに違いない。「テロリスト」呼ばわりされたことが、武装グループを怒らせ、人質の解放交渉を長引かせた、と解放に一役買った聖職者協会のクバイシ氏も後で語っている。たとえ心中そう思ったとしても、交渉のイロハとして口を濁すのが常套。小泉首相にとっては人質の命なんぞよりラムズフェルド国防長官に感謝、絶賛されたことの方がずっとずっと大切だったのだろう。

それはさておき、「テロリスト」とは、どの辞書を引いても「政治目的のために、暴力あるいはその脅威に訴える人、またはその集団」を指す。この語義に従えば、国連と国際世論を無視して、「大量破壊兵器の隠匿」といういかさまな理由をでっち上げ、大量殺戮兵器を総動員して経済制裁で疲弊するイラクに攻撃を仕掛けたアメリカのブッシュこそ、世界最大最強のテロリストであるし、卑劣さにおいても武装グループより何枚も上手《うわて》だ。

しかも、アメリカ軍はこの時期ファルージャ市民に対して目を覆うばかりのジェノサイドを繰り返していた。空爆はモスクや病院、救急車にまで及び、七〇〇〇人以上が殺され、二〇〇〇人が傷つけられている。その圧倒的多数は子ども、女、老人。すでに暑いイラクでは死体の腐乱が早い。しかしアメリカ軍に包囲されているため郊外にある墓地に埋葬できず、人々はサッカー場を掘り返して遺体を埋めた。イラク全土から寄せられる医薬品、救急車、食品も米軍の足止めで市内に届かない。この現実を何とか世界に知らせ封鎖を解きたい、というのが、今回多発した外国人拘束に地元民を駆り立てた動機だった。つまり、すでに小泉首相は、ブッシュという卑劣なテロリストに屈してイラクに自衛隊を派遣していたのだ。

「人質になった彼らは自衛隊の活動を妨害した」

という非難も目立った。しかし、今までの実績からして、NGOに任せれば、年間一億円以下の予算で一〇万人分の給水ができるというのに、自衛隊は年間三五〇億円を超える予算で一万六〇〇〇人分を供給するに過ぎない。民間に任せた方がはるかに効率的で安上がりなのだ。実質的に人道支援に貢献してきたのは、民間ボランティアの活動であって、米英に追随した自衛隊の派遣によって、イラク人の対日感情が極端に悪化した。今回の人質事件もそれを如実に物語る。本当は、自衛隊の派遣こそが、民間ボランティアの活動を妨害しているのだ。

川口外相など国民の税金で養われ公費で身の安全を守られる政治家や役人が、まだ事件が発生して間もない時点で邦人保護の限界と自己責任を矢継ぎ早に言い出したのは、おそらく、人質救出に手も足も出ない無能を自覚し、早々と人質の見殺しを決断し、責任逃れの予防線を張るつもりだったのだろうが、図らずも国民の命と安全を守ることこそが国の本業だという自覚の欠如を露呈していて可笑《おか》しかった。

そもそも国家が一方的一元的に警察や軍隊を持ち、徴税権を委ねられているのは、まず何よりも国民の生命と安全を保障する義務を負っているからだ。安倍幹事長などは、「邦人保護」というと、自衛隊の海外派兵や最新兵器の購入のための口実ぐらいにしか考えていないが、「邦人保護」は政府が負うべき最重要の責任、無条件の義務の一つであって、近代的国民国家の根幹、存在価値そのものなのだ。要するに、政府首脳としての最低限の「自己責任」を放棄しているのは、小泉政権そのものなのである。

『紅楼夢』に、「どんなに機転の利く女房でも米が無くては粥が作れない」とあるように、他人を攻撃するのに、自分を素材にしているというのが、何ともチープである。しかし、これは、結構普遍性のある現象で、世界各地に類諺が散らばっている。**禿の悪魔を梳《くしけず》ることはできない・炭袋から白い小麦粉は取り出せない**（フランス）等々。

それでも安心できないのか、政府は「自作自演説」まで言い出した。人質救出に全力投球している振りを自作自演している己の下劣と醜悪さを露呈したも同じ。**針鼠は自分が棘《とげ》だらけなので棘だらけのさんざしの中に住んでいる**（イギリス）。

もともと政府の責任逃れを覆い隠し、全てを人質に責任転嫁するために吐かれた苦し紛れの「自己責任論」「自作自演説」を一部メディアと識者がさらに焚きつけた。中でも目立ったのは、官僚上がりの評論家や大新聞の政治部出身の解説者たち。

「退避勧告を無視したのだから、自業自得だ」

と冬山で遭難した登山者にたとえて非難した。記者クラブに寄生してお上から情報のおこぼれを頂戴することに慣れ、政府要人に近いことが社内地位向上につながる社風の中にドップリ浸かる彼らには、戦争の真実が、攻撃する側から知らされる大本営発表だけで十分と思えてならないのだろう。自衛隊に守られて取材し、政府の退避勧告が出れば、聞き分けよく本社命令一律横並びで自衛隊機に乗せてもらって戦火の現場を一斉に引き揚げてしまう、つまり**袖の長さ以上に手を伸ばさない**（スペイン）彼らには、空爆下の大地で暮らしている人々の恐怖や悲しみや苦悩こそが戦争の現実であり、身の危険を顧みず、何とかそのもう一つの戦争の現実を知らせようと、地獄の現場に出かけていくジャーナリストの諺にもある。

悪人に善人の行いは分からず、鼠にコーランの聖典は分からないとバングラデシュの心意気が理解できないのだろう。

何カ月も肉体労働のアルバイトで渡航費用を捻出し、身の安全も計画も全て自前でこなす彼らの自己責任に基づく自由な取材に対する妬《ねた》み僻《ひが》みがあるのかもしれない。費用丸ごと会社持ちで武装したボディガードに守られて取材し慣れている彼らには、政府と保守系メディアの尻馬に乗って、一部市井の人々までが、人質とその家族を「自業自得」「日本の恥」とバッシングする姿もグロテスクだった。人間としての最低限の思いやりと想像力の欠如。しかし、よくよく考えてみると、寝転がってテレビを眺めるだけの彼らには、戦争で家族と家を失い、心身を傷つけられた子どもたちを何とか助けたいとわざわざ危険な地域に出かけていく高遠さんの心の底から湧き上がるやむにやまれぬ思いを永遠に理解できないだろう。劣化ウラン弾に蝕《むしば》まれて苦しみ悶えながら死んでいく子どもたちの実態を自分の目で確かめて世界に知らせたいと出かけていった、今井君の勇気と情熱が不可解なのだろう。そういう優しさ、気高さを持ち合わせないのだから、無い袖は振られぬ（日本）／石から水は絞れない（ロシア）のだ。

さて、日本政府による「救出費用」請求は、先進各国のメディアに笑われた。アメリカの一市民がこの件で日本政府に抗議し、元人質に同情して日本大使館に二〇〇〇ドルの小切手を送りつけたのを、大使館が突き返すという恥の上塗りをやっている。この「救出費用請求」を最初に言い出したのは、公明党の冬柴幹事長。さすが教祖の鶴の一声でどんな無理無体な号令にも信者たちが一糸乱れぬ結束で従ってくれる政教一致の宗教政党らしく民主主義と政治のイロハを軽々と踏みにじってくれる。宗教は信じる者しか救わないが、政治は、支持する者もしない者も等しく差別せずに救うのを大原則とする。たとえ政府が実際に人質救出に貢献していたとしても請求権の発生しない性格の費用なのだ。ましてや今回日本政府は人質解放に何ひとつ寄与していない。頼ったのは、アメリカの軍と諜報機関、それに占領当局と、いずれもこの際むしろ逆効果な相手ばかり。

人質たちは自らの今までの活動を犯人に理解させて自力で助かってしまったのだ。家族のアルジャジーラを通しての訴えや、支援者による自衛隊撤退を求めるデモ、NGOネットワークを通じての働きかけも側面援助になった。人質の犯人からの引き渡しに立ち会った聖職者協会のクバイシ師も断言した。

「われわれの方が日本政府よりも人質のことを考えていたみたいですね。日本政府からは何の接触もありませんでした。われわれが解放に全力を尽くしたのは、日本政府のためではなく、政府の自衛隊派兵に反対している日本国民のためです」

人質だった安田さんと渡辺さんも言い切った。

「殺されなかったのは、われわれが武器を持っていなかったからです」

「日本政府は何もしなかった」

逢沢外務副大臣ご一行が、なぜかバグダッドではなくアンマンにおそらくファーストクラスで乗り込んで、アルジャジーラを視聴する以外の仕事をしたようにはとうてい見えないのだが、ホテルの貴賓室に宿泊し飲み食いした費用や、人質たちを頼みもしないチャーター機で迎えに行き、豪勢な病院で強制的に診察を受けさせた費用は、救出された後に発生したもので、政府が何もしなかったことを繕い隠すための広報費であって、救出費用には当たらない。

盗みをするなと役人は言うが、富のほとんどは役人がかっさらうとチベットの諺も言っている。

でも、この言い方で、政府が何もしなかった事実は覆い隠され、それこそ自業自得で破産した大企業の救済、天下り官僚の高給、巨額のドル買い、有害無益な大土木工事などの税金投入には寛容だった国民が、なぜかここへ来てにわかに税金の使い道に厳格になったのだった。おそらく、そのぐらいの手頃な金額でないと、想像力が働かないのだろう。**人は己の頭の高さより上には飛べず**（ロシア）／**おでこより上に目は行かない**（ウクライナ）のである。

「内弁慶《うちべんけい》」

パパはママの言いなりで、ママは僕のためなら、死んでもいいわ、なんていつも言ってる。僕が欲しいものは何でも買ってくれる。今までに出たゲームは全部持ってるし、車は今のメルセデスは二三台目だし、会社だって、パパやママの一族のコネで一流どころに入れてもらったんだけど、僕に向かない仕事だから辞めちゃった。すぐに別な会社に入れてもらったんだけど、そこも辞めて、今じゃ一一社目。

子どもの時からずーっとそうだったんだ。漫画に出てきたシベリアン・ハスキーっていう犬が欲しくなったら、すぐに買ってくれた。

小さくて可愛かったけど、あっというまに大きくいかつくなって憎らしくなっちゃったから石を投げつけたら、ウーウーうなって僕に嚙みつきそうになった。ママは驚いて飛んできて、犬を処分してくれた。

次に、『名犬ジョリー』ってテレビアニメを見て、

「ジョリーみたいなピレネー犬が欲しいよお」

っておねだりしたら、これもまたすぐに買ってくれた。縫いぐるみのシロクマみたいに

可愛かったけれど、ものすごくでかくなって、のべつまくなしによだれを垂らすもんだから、暑苦しくて不潔で嫌だなって思ってたら、ママはすぐに僕の気持ちを察して動物管理センターに引き渡してくれた。

だけど、どんなにママにせっついても、駄々をこねても、絶対に手に入れてくれないものがあるんだ。それは、女。ママがいいって薦める女って、ぜんぜんそそらないんだもの。で、僕がそそられる女のことをママはいつも気に入らないんだ。

「お前は世間知らずだから気をつけるんだよ。人生台無しになるからね」

それから必ず付け加える。

「さもないとパパみたいに一生うだつが上がらなくなるから、慎重にね」

なんて、さも僕のためみたいな言い方してるんだけど、単に自分の言いなりにならないタイプは嫌なんだよ。

だから、僕が女に慎重なのは、ママがそう言うからというよりも、パパが酒に酔った勢いでよくぼやいているからなんだ。

「お前、女には気をつけろ。ママみたいな女に捕まったら人生お終いだからな」

パパによると、若い頃のママの純情可憐な容貌（今では想像もつかないだろうってパパは必ず言い添える）にコロリと騙されて口説いたのが運の尽きだって言うんだ。

「初めの第一歩が肝心だからな。相手の出方をよーく見極めた上でても遅くないからな」

パパのそんな言葉を思い出したのは、今日ゴルフ帰りに立ち寄ったバーで、カウンターの向こう側に座った女がすごいタイプだったからなんだ。

あっ、目が合った。ウインクしてる。どうしよお。

「初めの第一歩が肝心なんだからな……」

というパパの悲壮な声が耳鳴りみたいにハウリングしている。その第一歩ってどうやって踏み出したらいいんだ。そうだ、パパは、

「相手の出方をよーく見極めた上でも遅くない」

って言ってた。初めの一歩は、彼女に踏み出してもらってもいいんだ……なんてことを頭の中で反芻《はんすう》していたら、強烈な香水の匂いが鼻を突いて、

「お隣に座っていいかしら？」

ってゾクッとするようなアルトが僕の耳をくすぐった。向かい側の女がいつのまにか僕の隣に腰掛けている。見れば見るほどいい女なんだ、これが。何か気の利いたことを言おうと思うんだが、言葉が出てこない。

「奢ってくださらない」

と女は僕の顔をのぞき込み、僕が目をパチクリしているうちに、バーテンダーに、

「この人と同じのお願い」

と頼んじゃった。バーテンダーが注文通りのグラスを持ってくると、僕に乾杯しようと

合図して、勝手に自分のグラスを僕のグラスにカチンとぶつけると、キュッと飲み干した。

「あら、これスクリュー・ドライバーじゃないの」

とちょっと驚いた振りして、それから、僕の方をチラリと見やって、

「もう一杯お代わりしてもいいでしょう」

と軽く絡むように言い、バーテンダーが用意した二杯目のグラスも、一気に飲み干した。

それからいきなり僕の方にしなだれかかってきて、

「別名女殺しって言うのよねえ、このカクテル。責任とってもらうわよ。ああ、あたし足がふらついちゃって……」

という次第で、一時間後には、僕は彼女のマンションの居間に通されていた。

僕がソファーに腰掛けると、女は、

「ご免なさい、ちょっと待ってて下さる」

と言って部屋を出て行った。

それから二、三分経っただろうか。居間の扉が開いて、素っ裸の女が真っ直ぐ僕に向かって突き進んできて、僕の膝の上に腰掛け、いきなり僕をキス責めにするんだ。それで、僕も、初めの一歩を踏み出してもいいんじゃないかって思ったんだ。こんなチャンスを逃しちゃいけないって。もちろん、ママやパパの心配そうな顔が浮かんだよ。それを振り払って、勇気を振り絞って僕は第一歩を踏み出したんだ。

「君の携帯の番号教えてくれないか?」

というわけで、家ではわがまま放題のマザコン息子や亭主関白気取りの夫が、マンションを買うときの値段交渉や、会社や役所に対する要求交渉に際して、家族を代表して頑張るか、というと、拍子抜けするほど意気地が無いのは、見慣れた風景ではある。妻や子どもに威張り散らす夫、部下に対して尊大な上司に限って、外面《そとづら》がむやみに良かったり、交渉事になると、やたら相手に対して物わかりが良くなってズルズル譲ってしまう、最低限言うべきことも言えないという内弁慶(日本)タイプが多いのだ。

それは、日本社会と日本人に限られた事情というよりも、人類、いや動物全般に普遍的な真実なのかもしれない。

というのは、高校英語で内弁慶に相当するものとして暗記させられた、Every cock is bold on his own dunghill＝オンドリは自分の糞の上では勇敢だは、イギリス起源というよりは、広くヨーロッパ各地で人口に膾炙している諺である。

たとえば、クロアチアでは、どのオンドリも自分の掃きだめでは主人というよく似た慣用句がある。また、クロアチアのどの子豚も自分の囲いの中では猪という諺は、トルコや中央アジアにもある。

自分の縄張りの中から外へ出たときの恐怖とか心細さは、生き物全てに通ずる真理なのだろう。世界各地の諺には動物を喩えにしたものが多い。

荒い雄牛も見知らぬ土地ではおとなしいとニカラグアの諺では雄牛が登場するし、スペインのバスク地方では、外では鳩、うちでは大鳥と鳥に喩えている。パキスタンでは、家では虎、外では羊という。

でも、借りてきた猫というふうに、猫を喩えにしている例は日本だけみたいなのだ。五匹の猫と同居するわたしは、己の縄張りの外に出たときの、字句通りの借りてきた猫状態を熟知しているので、まことに的確な喩えだと感心している。なのに他国の諺には猫の喩えが見当たらないのだ。むしろ、犬に喩える諺が、アジア中央部にやたら多い。

他人のいない内輪では目一杯強がり、面と向かったとたんに意気地がない人のことを、アフガニスタンでは、自分の横町では犬もライオンになるといい、パキスタンでは、自分の町内にいる限り、犬も虎の気分といい、インドでは、家では犬も虎、トルクメニスタンやタジキスタンでは、自分の家にいれば犬も王侯貴族という。

しかし、今も複数の犬と同居するわたしは、散歩で遠くへ行こうとする犬の習性をよく知っている。縄張りから離れれば離れるほど犬たちは意気軒昂溌剌《はつらつ》としてくる。どうも、犬に喩えるのは、間違っているのではないかと思うのだ。

もっとも、すっかりブッシュの犬としてポチの異名が定着した小泉を見る限り、たしかに驚くほど右の諺がピッタリ当てはまる。

先の訪朝では、汝は自分の国ではスルタンのくせして、他国ではびくびくしているというアフガニスタンの諺通りの振る舞いに終始してくれたのだ。

スルタンは、中世イスラム圏の絶対君主。治外法権みたいな存在だ。自国にいる限り、靖国参拝に違憲判決が出ても、涼しい顔してそれを無視し、憲法どころかイラク特措法にさえ違反してイラクに自衛隊を派遣し、完全に破綻した年金法改正案をファシスト的に審議打ち切り強行採決し、三〇年前に勤務実態の無い会社に厚生年金を積み立ててもらうという犯罪行為を恥じることもなく、自分だけは法を守らなくてもよいと傲岸不遜に構えるこの男が、金正日と面と向かったとたんに、腰が引けて最低限の要求すら口に出せずに帰ってきたのだから可笑しい。

自国民が拉致されて三〇年近くも放置してきた政府というのも、異常だが（同じ一九七〇～八〇年代に自国民を拉致されたレバノン政府は、日本よりもはるかに経済力において劣るが、すぐさま北朝鮮まで乗り込んでいって果敢に交渉し、全員を取り戻している）、その拉致された国の元首が二度にもわたって相手国に出かけて拉致した側のトップと会談をしながら、向こうが日本に引き渡しても無難と判断した五人とその家族五人しか取り戻してこれないのだから情けない。「日の丸」「君が代」とか、「愛国心」とか、国内ではやたら威勢良く「国家の威信」にこだわる小泉は折り紙付きの内弁慶だった。

しかも、一〇人もの消息不明者について、金正日が「改めて調査を行うよう命じた」という答えだけで、それ以上一切追及せず、「いついつまでに」という期限さえ切っていない。金正日は名実ともに独裁者であって、彼が命じればたちどころに、全ての資料、情報が届けられるはずなのにだ。

小泉は、前回の訪朝でも会食を断って幕の内弁当を持ち込み、別室で昼食をとったと聞く。今回も同じく塩むすびを携えていったらしい。笑う場合も片頬だけでとか、いじましい誇りや威信の演出をしている。会食などどんどんすればいいではないか。相手を大いに持ち上げ、いい気持ちにさせて、裏をかく、実を取るという頭脳プレーこそが外交なのだ。とろけるような笑顔の下に冷徹な牙を隠す、真綿にくるんだ針で相手を刺すという外交の基本中の基本が、分かっていないらしい。アメリカへの過度の従属に依存するあまり、自らの見識と力で相手国を冷静に分析し、自国に少しでも利益を引き寄せる訓練が絶望的にできていないのだ。

その点、日本よりも圧倒的に不利な立場にあるはずの北朝鮮は、しっかりと交渉相手小泉の足下を見極めていた。年金国会でミソをつけ、参議院選挙を前にして焦って、政権延命に金正日頼み状態になっている小泉の足下を。

だから、みすみす貴重なカードを無駄遣いしてしまった。小泉首相は「人道支援」という名目で、北朝鮮にコメ二五万トンと、一〇〇〇万米ドル相当の医薬品支援を約束してしまったのだ。実態は「身代金」以外の何ものでもない。誘拐犯に一度身代金を渡したらどうなることか火を見るより明らかではないか。金正日は、改めて拉致された日本人は素晴らしいカードだと気付いたに違いない。これからも、小出しにして、日本は延々と身代金をむしり取られて行くことだろう。

また、北朝鮮が一番恐れているはずの、「経済制裁」、「日本の港湾への寄港禁止」というカードもあっさりと引き下げてしまった。小泉は、北朝鮮が「平壌宣言」に違反しない限り制裁を発動しないと言った。すでに末期症状を呈している金正日政権の延命に手を貸してあげたのも同然である。

拉致被害者にとってはもちろんのこと、日本人妻や、祖国を楽園と信じて北朝鮮に帰っていった元在日の人たちにとって、そして北朝鮮の圧倒的多数の国民にとって、国民監視網と強制収容所網が張り巡らされた今の体制が続く限り、飢餓も苦しみも終わらない。拉致問題の完全解決も、おそらく、現体制が崩壊しない限り達成できないだろう。そして、すでにその崩壊は始まっている。朝鮮半島の分断と悲劇の原因に歴史的に深く関わる隣国として、北朝鮮の崩壊、または韓国への吸収が、なるべく一般国民にとって犠牲と痛みの少ないものになるよう努めるのは当然としても、少なくとも現政権の延命に手を貸すのだけは、するべきではないだろう。金正日体制があった方が、防衛費利権に巣くう軍需企業や政治家には有利なのかもしれないが。

そういえば、北朝鮮が核弾頭の保有をちらつかせてもアメリカ政府の対応はイラクに較べてずいぶん寛容だった。ミサイル防衛システムを日本や韓国に売り込むのに素晴らしい口実なのだろう。北朝鮮が韓国と統一などしたら、アメリカの極東における存在価値が吹っ飛んでしまうし。

そうか、そうか。小泉は借りてきた猫ゆえに金正日に優しかったのではなくて、ブッシュの忠犬としてあのように振る舞っただけなのかもしれない。

「自業自得《じごうじとく》」

福岡に出張した山田氏。手こずると思った商談も首尾良く運び、本社に報告したところ、社長直々に感謝された。自分に甘く他人に厳しい社長には珍しく口を極めて褒められた。

「この調子だと、今度のボーナスは期待していいな、昇進も間違い無しだ」

と、つい山田氏も気が大きくなって、いつもは、会社の規定より安い宿に泊まって出張費を浮かすのだが、規定より二倍はする高級ホテルに泊まることにした。自分にご褒美をやりたくなったのだ。

フロントで、シングルの部屋の鍵を受け取ろうとしていると、首筋に視線を感じた。ロビーのソファーに和服姿の女が腰掛けていた。目があった瞬間、女が微笑んだ。クラクラッとした。三二、三歳だろうか。スラリとしているのに肉付きはいい。これほどのいい女に巡り会えたのも、自分へのご褒美ではないだろうか。いつも臆病で慎重な自分がどうしたことかと自分で自分に驚き呆れながらごく自然に女に歩み寄ると、女もスーッと立ち上がって、山田氏と頬ずりを交わし、山田氏の腕に自分の腕を絡ませてきた。端から見る限り、まるで待ち合わせていた恋人か仲の良い夫婦のようであった。

山田氏は、女と共にフロントに戻り、照れ隠しに苦笑いしながらも平然と嘘を言った。

「いやあ、こんなことがあるんですね、出張先で女房と鉢合わせるなんて。できたら、部屋をツインに替えてもらえないかな」

「申し訳ございません、山田様。ツインは本日、生憎《あいにく》と全てふさがっておりますが、ダブルでしたらお取りできます。いかがいたしましょう」

「あっ、それで頼む」

と言うと、フロントの男は慇懃《いんぎん》に新しい部屋番号を告げながら、キィーを手渡してくれた。気のせいか、必死に笑いを噛み殺しているようにも見えたが、どうせ俺と女のことで嫌らしい妄想に駆られたのを取り繕っているのだろう、と山田氏は思った。山田氏自身がすでに妄想の虜になっていたのだ。

はたして、妄想通りの濃密で情熱的な一夜を過ごした山田氏は、翌朝フロントでの支払いをする段になって慌てた。

「ちょっとどういうこと、これ？　七二万六〇〇〇円て、いったい。お宅のコンピュータ、壊れてんじゃないの？　僕は一泊しかしてないよ」

「山田様、でも、奥様は、当方のホテルに、すでに三週間ほどお泊まりでございますが……」

山田氏の場合、罪のない軽い嘘が、大きな損失を伴う嘘になってしっぺ返しを喰らったわけで、騙す者はときに騙される（イギリス）／振る舞いは蛇に変わり、その主に向き直って咬みつくことがある（セネガル）／自分で自分の首を絞める（日本）、あるいは江戸時代、いろはガルタにもしばしば登場した身から出た錆（日本）を地で行ったようなもの。

このように、自分の行為は結局自分に返って来る、悪いことをすると、何倍にもなって自分に跳ね返ってくると説く諺は世界各地に無尽蔵にある。

災いを仕掛ける者は災いに泣く（ハンガリー）／自分で牢屋を造り、自分がその囚人となる（バングラデシュ）／他人の家を破壊する者は自分の家が壊れる（アフガニスタン）／他人に恥をかかせようとする者は自分が恥をかく（デンマーク）／鍋の中に入れたものを食べることになる（クルド）／他人を傷つける者は己を傷つける（スウェーデン）／他人の運をもぎ取ろうとする者は、自分の運を無くす（カザフスタン）／意地悪をすれば意地悪をされる（イタリア）／自分のしたことは他人には治せない（パキスタン）／呪いはひな鳥のように巣に戻ってくる（アイルランド）／壁を拳で打つ者、自分の拳を痛めるのみ（スワヒリ）／呪いは呪うものの頭上に落ちる（ノルウェー）／他人の不幸を求めていくと、自分の不幸が先に来る（バングラデシュ）／血は血を呼ぶ（オランダ）／鼻を高く上げる者は、やがて裸で歩くことになる（セルビア）／他人に邪術を使ったら、相手が家に石を投げ入れる邪術を使うのも仕方ない（マダガスカル）……。

自分の言動によって、自分自身が災難を被ることを戒める諺で今も日本で頻繁に使われる四文字熟語に、もともと仏教用語から広まった因果応報（＝善悪の因縁に応じて吉凶禍福の果報を受ける。「法華経」）と自業自得（自ら行った行為はその報いを自分の身に受けなければならない。「正法念処経」）がある。では、韓国、中国、タイ、ベトナムなどの仏教文化圏でこの熟語が用いられているかというとそうでもない。ところが、同じ趣旨の聖書起源の諺の方は、とくに次の四つは、キリスト教文化圏各国で、そのままの形でも少し形を変えた言い方でも人々に親しまれ続けている。

己《おの》がさばく審判《さばき》にて己《おのれ》もさばかるべし（新約聖書　マタイ伝七章二）
すべて剣をとるものは剣にて亡ぶるなり（同二六章五二）
人の播《ま》く所は、その刈る所とならん（新約聖書　ガラテヤ人への手紙六章七）
彼らは風をまきて狂風《はやち》をかりとらん（旧約聖書　ホセア書八章七）

そして面白いことに、自ら播いた種の実とか蒔いたものは刈り取らねばならぬという表現は、まさに自業自得という意味で、また、風を播く者は嵐（つむじ風）を刈り取るという諺は、悪行の報いは何倍にもなって返ってくるという意味で、アフガニスタンやタジキスタンなどの中央アジア、イラン、イラク、エジプトなどの西アジアから北アフリカにかけてのイスラム圏でも広く使われている。聖書そのものが、この地域の伝承に根ざしていることを物語っていて興味は尽きない。おそらく**アザミを播く者は棘を収穫する**（カザフスタン）は、この変形だろう。

突然話は変わるが、十数年前、ベニスの街を散策中何かの拍子にポケットにあった小銭を大量に落としてしまったことがある。地面に這いつくばりながら必死で小銭を拾い集めていたら、通りすがりのイタリア人が口走っていった台詞が、**「種播く者は刈り入れをする」**だった。

ところで、他人を害しようとしてかえって自身に厄を招いてしまう喩えに日本でしばしば使われる、**天に唾する＝天に唾して己が面にかかる**は、**風に向かって唾吐く・お天道様に石を投げる・寝て吐く唾は身にかかる**ともどもヨーロッパ各国に全く同じ喩えの諺がある。また、**井戸に唾すれば自分がその水を飲む**（フィンランド）／**仰向けに寝て小便する者は人が濡れる前に自分がびしょ濡れになる**（セネガル）／**真上に向けて射た矢は射手の頭に突き刺さる**（イギリス）も類諺とみなしていいだろう。

人を呪わば穴二つともなると、宗教圏の違いを超えて、地球上のあちこちにほとんど同じ表現の諺がある。ここでの「穴」は墓穴とか落とし穴のことで、(自分で自分の)墓穴を掘ってるという言い方もよく使われる。**穴を掘るな、自ら落ちる、悪を行うな、悪に落ちる**（イラン）／**他人を呪って井戸を掘る者は自分自身がその中に落ちる・他人に穴を掘**

るな、自分が落ちる（ロシア）。

アメリカ国民が、戦争依存症に冒された軍産複合体の代理人を選挙で選んだがために、攻撃の餌食となった国々の人々にもたらした災厄は計り知れない。今回のイラク戦争でも、戦死した米兵の、少なく見積もっても一〇倍強のイラクの人々が命を奪われ、さらにその一〇倍強の人々が傷つけられ、家族を失い、家財を破壊されている。

アメリカ国民自身が長期にわたって戦争の報いを受けていくのは、これからだ。テロの脅威が益々強まることもさることながら、やはり最大の被害者は兵士とその家族だろう。生きて帰れたとしても、兵士たちの多くは身体障害者となっている。たとえば、湾岸戦争から帰還した六〇万人のアメリカ兵のうち、四五万人が、米軍と多国籍軍が使用した劣化ウラン弾や様々な化学、生物兵器により被曝《ひばく》していて、正体不明の健康障害に苦しめられている。

自身ベトナム帰還兵であるジョエル・アンドレアス著『戦争中毒』（きくちゆみ監訳、合同出版）によると、身体は無事だったとしても、「帰還した兵士たちの脳裏からは、自分が戦った戦争の悪夢がずっと離れない」「五〇万人にのぼるベトナム戦争の帰還兵たちは、戦争の恐ろしい記憶に悩まされ、トラウマ的なストレス症に見舞われている」。

退役軍人局によると、戦争が終わってから自殺したベトナム帰還兵の数は、ベトナム戦争で死亡したアメリカ兵の二倍以上に達する。

アメリカで深刻化する元兵士たちのホームレス問題については、「ロサンゼルスタイムズ」が〇四年五月三〇日付けの記事「自由のために戦場に赴き、帰還すれば路上生活者」で取り上げているので、大まかに紹介する。

連邦政府のデータによると、兵役経験者の人口に占める割合は九％なのに、ホームレス人口に占める割合は二三％、男性ホームレスに限れば三三％にものぼる。その中には、三〇年近くもロサンゼルスの路上で生活するベトナム帰還兵もいれば、昨夏イラクで負傷したものの医療保障を受けられず、住居を追い払われたり、見つけられずにいる者がいる。

国勢調査局や退役軍人局など政府の機関が行った広汎な調査によると、ホームレスになった退役軍人の内、四七％がベトナム帰還兵であるが、第二次大戦に従軍した経験者までいるということだ。常時約三〇万人もの元兵士たちが日常的にホームレス生活を送り、一年の内に住居のない状態を経験している元兵士は五〇万人にものぼる。イラクとアフガニスタンで戦闘が継続している現在、この世代の兵士たちが帰還したらどういう事態になるのか、社会福祉関係者は今から戦々恐々としている。

人々がホームレスになる理由には、高い家賃、失業、薬物乱用など様々あり、ブッシュやゴアなどエリート家庭の息子たちはコネやカネで兵役を回避できたのに対して、もともと徴兵された人々には貧しい階層出身者が多いということもあるが、帰還兵たちの場合、これらの原因に加えて、戦傷、心的外傷後ストレス症候群、家族との亀裂などがあげられる。

なぜ戦地での恐怖と悪条件に耐えてきた彼らが無事に帰還した祖国で社会に適応できなくなるのか。

戦地に送られる将兵は、敵を殺傷することを主要な任務にしている。それは、武装した軍人であれ、侵略者に抵抗する民間人であれ、敵は敵として殺さなくては自分が殺される。自分が生き続けるために殺し続けなくてはならない。そのため戦場は鮮血と生傷と死と死体に満ちている。しかも死体はつい先ほどまで談笑していた友人だったりする。

これだけ多くの死体に遭遇する機会は、先進国に暮らしている限り無い。死と隣り合わせに過ごす生き地獄の中で、人間の中には動物的本能が目覚める。自分の死を回避し、自分が生き続けるために敵を殺傷するだけでなく、新しい生命を創造しようとする本能がムクムクと立ち上がってくる。だからこそ、あらゆる戦争において、兵士たちには、急激かつ強烈な性欲が芽生える。そして、戦争が暴力である以上、この性的欲求も暴力的様相を帯びる。

第二次大戦中の敗戦国の将兵による性犯罪については、日本軍による朝鮮半島や中国大陸での婦女暴行や従軍慰安婦の問題として一部社会的に明らかになっているが、それに勝るとも劣らない戦勝国の将兵による性犯罪については、隠蔽されたままだ。

たとえば、第二次大戦中のデータでさえ、未だに公開されていない。しかし、戦争直後のドイツで戦勝国の兵士たちの子どもが二五〇万人も生まれている（原因の圧倒的多数は強姦であった）事実だけ見ても、その恐るべき実態が垣間見える。

　アブ・グレイブ刑務所におけるイラク人収容者の虐待の大半が性的虐待であったことの理由も、そこにあるのだろう。虐待に関与した若い兵士が、精神異常者でもサディストでもない、本国では大人しい平凡な若者であることも衝撃的であった。おそらく、普通の生活を続けていれば、真っ当な社会人でいたことだろう。

　そして、彼らの異常な行動は、戦場という異常事態に投げ込まれたことのない祖国の人人には永遠に理解できない。その齟齬《そご》に苦しみ、戦場の恐ろしい記憶に苛《さいな》まれながら、社会的不適合者になっていく者がこれからもあとを絶たないことだろう。

　六月五日付け「Health Day News」は、イラクやアフガニスタンからの帰還兵たちが、様々な心的外傷後ストレス症候群を抱えながら、そういう烙印を押されるのを恐れて、悩みを心の奥に仕舞いこみ、そのことでさらに病状を悪化させている傾向がある、と報じている。自業自得といっても、報いを受けるのは、戦争履行を強行し、戦争で大儲けした権力者ではなく、いつも社会の弱者なのだ。

　そういう苦い経験を二度と繰り返さないためにこそ日本国憲法の不戦条項は生まれ、他国で人殺しができる軍隊を持ちたくて仕方ない権力者の動きの歯止めとなっていることを忘れてはなるまい。

「頭《あたま》隠《かく》して尻《しり》隠《かく》さず」

　ハリウッドの美人女優Mは自宅でパーティーを開くのが大好き。そのパーティーで出る料理が好評で、毎回楽しみにしている人が多かった。ところが、突然、Mがパーティーを開かなくなった。俳優のPは、Mに会うたびにせっつくようになった。

「最近、君のパーティーで出る鶏肉の悪魔焼きが夢にまで出てくるよ。ああ食べたいなあ！」

　監督のDは、冗談混じりに脅迫する。

「君のせいで禁断症状に苦しんでる。どうしてくれるんだね」

　映画評論家のSにいたっては、「人生の大きな楽しみが一つ奪われてしまったな」など と大げさに嘆いてみせる。そのたびに、Mは気弱に微笑んで、「そのうちにね」と言い逃れをするばかり。ついに親友のTが心配してMに尋ねたのだった。

「どうしたの、いったい？　体調でも崩したの？」

「別に」

「じゃ、なぜ？」

「首にしたのよ、Nを。料理の腕は最高だったんだけど……」

Mは言いよどんで深くため息をついた。

「手癖が悪いとか？」

「ううん。それはぜんぜん心配なかった……ただね……もうこのお宅に四〇年間も勤めておりますのって、あちこちで言いふらすんですもの」

このように、せっかく本人は首尾良く誤魔化したり嘘をつきおおせているつもりなのに、思わぬところでそれがばれてしまうことは、よくある。
頭隠して尻隠さず（日本）。雉《きじ》が草むらに首を突っ込んで、自分が何も見えないから他からも自分は見えないものと思い込み、尾が丸出しになっていても平気なことから生まれた諺で、**穴に最初に入っても尻尾が外に残っている**というそっくりな表現がアフリカのセネガルにもある。
柿を盗んで種を隠さず（日本）／**鹿を食らって骨を残す**（サハ）は、種、骨（＝些細な痕跡）から柿、鹿（＝犯罪の全貌）を突き止めていく世界中の犯罪捜査のイロハであろう。部分は隠せても全体は隠しおおせない。用意周到の完全犯罪も、犯人の思惑外の意外な綻《ほころ》びから露見することはままある。
身を隠して影を露わす（日本）の類諺は世界五大陸にまたがる。もちろん、ロシアにも、影を軽んじた者は影に裏切られるという諺があるのを、プーチン大統領は忘れたようだ。ロシア南部の北オセチアはベスランという人口わずか三万五〇〇〇の小さな都市で武装グループが学校を占拠した当初から、人質の数は三五四人という数字が報じられ続けた。ところが、事件は、当局が偶発的だったとする悲惨な結末を迎えて、犠牲者の数は当局の発表だけでも三〇〇人を超え、遺体安置所に眠る未確認の遺体が二〇〇以上、銃撃戦で武装グループが人質三〇〇人ほどを盾にこもった地下室からはまだ遺体が運び出されておらず、死者の数は七〇〇人に迫る勢いである。

一一年制普通学校で一学年三学級、一クラスの生徒数三〇人前後であるというから、教職員を加えると、それだけでも軽く一〇〇〇人を超える。九月一日は入学式兼始業式だったので、親類縁者が式に参列していたことから、地元の人々は、人質の数は一二〇〇人以上であることを良く知っていた。「この嘘つきが!」とテレビクルーに殴りかかる住民が多かった、と現地特派員が報告している。なぜ喉に内緒で薬を飲む（スリランカ）ような、鼻に知られぬように香水を嗅ぐ（ウズベキスタン）ような、死んだ象（悪事）を蓮の葉（姑息《こそく》な手段）で隠す（タイ）ような、象をザルで隠す（カンボジア）ような、必ず隠しきれずに露見する嘘をロシア当局は発表し続け、ロシアの大手マスコミは流し続けたのか。

ひとつには、凄まじい報道管制下にあった。たとえば、真実に迫ろうとした最大手イズベスチヤ紙のシャキロフ編集長が事件直後に解雇されている。果敢なチェチェン取材で有名なバビツキーは現地に向かう飛行機への搭乗を爆発物所持の疑いがあるという滅茶苦茶な理由で妨害され、名物女性記者ポリトコフスカヤ（ロシアジャーナリスト同盟から金のペン賞、アムネスティから人権報道賞、国際ノンフィクション賞のユリシーズ賞の受賞者。『チェチェン　やめられない戦争』＝NHK出版の著者）も搭乗を拒否され、迂回ルートの別便に乗った機中で毒殺未遂にあって、今生死のあいだを彷徨《さまよ》っている。彼女と同じノーバヤ・ガゼータ紙の記者が以前に放射性タリウムを飲まされて毒殺されている。

当局は状況を把握していなかったのか。それはあり得ない、と急遽《きゅうきょ》ポリトコフスカヤの代わりに別の記者を現地に派遣したノーバヤ・ガゼータ紙は伝える。襲撃終了直後の現地記者会見で、プーチン大統領のアスラノフ顧問は、死亡者数などについての質問をのらりくらりとかわしながらも、なぜすぐにも武装グループとの交渉に駆けつけなかったのか、と問われて、「私が連中に電話をして『取引材料は何なのかね』と尋ねると、『一二〇〇人の人質だ。その大半は子供だ』と連中は答えた」とつい口が滑ってしまったのだ。

解放された人質たちの口から、その後、「ニュースで人質の数が三五四人と何度も流れたために、犯人たちが激昂し、以後人質に対する扱いが暗転した」事実が述べられた。初日はトイレにも行けたし、水も飲めたのに、翌日からは禁止され、人質たちは自分の尿を飲んで渇きを癒すしかなかった、と。

「襲撃はあり得ない。あくまでも平和裏に人命最優先で」とロシア当局が繰り返し宣言していたにしては、なぜ全く交渉が行われなかったのか、なぜ異口同音に、「彼らが何を要求しているのか、見当がつかない」などと言っていたのかも不思議である。

犯人たちは事件発生直後に交渉を要求し、交渉役に指名した四名、すなわち北オセチア共和国大統領ザソホフも、イングーシ共和国大統領のジャジコフも、小児科医のロシャーリも、下院議員のM・アウシェフも学校には行こうとしなかった。ロシャーリはベスランまではやって来たが、学校に入る様子は一向になく、ジャジコフにいたっては、全く電話にも出ず、携帯電話を切り、スペインに飛んでしまった。M・アウシェフは風邪で寝込む有り様。

学校内で犯行グループが電話をかけるのを側で見ていた校長は、解放後、「あの時は、背筋が寒くなった。もう終わりだと思った」と述べている。「政府は、我々を見捨てた」と。

また、「テロリストたちは電話を切断した」という当局の発表も嘘だった。彼らは携帯電話だけでなく、学校の固定電話の番号まで知らせて当局からの連絡を待っていた、と先の校長は伝えている。

プーチン大統領が現地に到着したのも、事件解決後の真夜中で、滞在二時間でクレムリンにトンボ返り。現地住民からは、「こそこそとまるでこそ泥みたい。我々に顔を見られるのがイヤなのね、卑怯者!」と罵声が浴びせられている。

犯行グループは凶暴で狂信的で交渉の余地は全く無かったかのように、ロシアの主要マスコミは報じているが、事件二日目の九月二日、イングーシ前大統領R・アウシェフが単身学校に乗り込んで交渉し、二六人の乳児や一歳半未満の子供を抱えた母親たちの解放を勝ち取っていることは報じなかった。

全く交渉しようとしなかった当局に残された道は襲撃しか無かっただろうに、「襲撃は予定していない偶発事」と言い張るのには無理がある。実際に現地では、着々と襲撃の準備が進んでいた。学校近くの職業学校には司令部が設けられ、全ロシアから、内務省や軍の特殊部隊が続々と到着していた。**膝小僧ほどの真実が嘘の山を負かす**（シベリア）というが、嘘を負かす山ほどの事実があったのだ。

事件が発生するや、ロシア当局は、「チェチェン独立派の犯行で、アルカイダなど国際テロ組織のメンバーもいる」と断定した。ところが、イギリスのBBCが校内に乗り込んだ例の前イングーシ大統領R・アウシェフから取材したところ、「犯行グループの中には一人のチェチェン人、イングーシ人もいなかった」と言っている。「自分がチェチェン・イングーシ語で話しかけたのに、通じなかったの」と。同じことは、人質だった小学生の女の子が、「自分は以前チェチェンに住んでいたが、犯行グループがお互いに話す言葉はチェチェン語ではなかった」という証言からも裏付けられている。

なのに当局は、「テロリストは総勢三二人、校内で確認されたテロリストの遺体は三〇体、中に一〇人のアラブ系と一人の黒人が混じっていた」と発表し、何人ものチェチェン人の名前を発表している。ところが、その中のクラーエフなる人物については、地元で縁者たちが、「とうの昔に逮捕されているのに」と騒ぎだし、ロシア連邦保安局（KGBの後身）が三年前に過激派の一味として逮捕拘留したと、自身の月報で自慢げに報告しているのが露見してしまった。嘘つきは瞞《だま》す相手を馬鹿だと思っている（ブルキナ・ファソ）のだろうが、逆に、嘘つきは記憶が良くなければならない（古代ローマの哲人クインテリアヌス）ことを証明した結果になった。

それにしても、クラーエフは、わざわざ事件を起こすために釈放されたのか、それとも、拷問死した遺体を事件後現場に運び込んだのか、あるいは全くの別人なのか、と様々な憶測を呼んでいる。

また当局は、犯人の遺留品にコーランがあったと主張しているが、ムスリムに欠かせない一日五回、非常時でも最低三回の祈りをしている姿を確認した人質はいない。当局の言うように、殉教者になるようなムスリムが祈りを欠くのは変だ。

アラブ人説についても黒人説についても、解放された人質の誰からも裏付けが取れていない。また、イズベスチヤ紙は、「遺体が黒焦げになっていたせいで黒人に間違えられた」と報じている。これについて欧米のメディアは「アラブ系がいるとしたのは、《国際テロ戦争》としてロシアのチェチェンに対する戦争を正当化し、欧米の非難をかわし、ブッシュの支持を取り付けるため」と分析している。

ただ一人拘束された犯行グループの男（遺体として見つかったクラーエフの弟）が、あれだけの銃撃戦を経て唯一生き残ったというのに全くの無傷というのも、かなり不自然だ。六日夜、ロシアの各テレビ局は、この男が、チェチェン独立派のマスハドフ元チェチェン共和国大統領とバサエフ野戦司令官の指示で事件を起こしたと供述する様子を繰り返し流した。犯行の目的については、「（北オセチア、チェチェンなどを含む）カフカス地域全体に戦争を広げるため」と語っている。しかし、チェチェン国内で激しく対立している対話派のマスハドフと強硬派のバサエフを十把一絡《じっぱひとから》げにしていることから、供述の信憑性を疑問視する声も多い。この報道に呼応するように、ロシア連邦保安局は八日、バサエフと、マスハドフの逮捕に結びつく有力な情報提供者に三億ルーブル（約一一億円）の賞金を与える、と発表した。これも、プーチン大統領が四日の国民向けテレビ演説で事件について「北カフカスで流血の争いを引き起こすことが目的だ」と決めつけたのに符合しすぎている。あまりにも嘘のつきかたが下手。**頭が切れなければ嘘つきにはなれない**（マルタ）のを証明した上で、**髪の毛一本が山を隠す**（タイ）ように、小さな嘘が大きな真実を隠していることを雄弁に物語ってしまった。プーチンに必要なのは、「テロの抹殺」などではなく、「チェチェン独立派」の権威失墜と抹殺なのが透けて見えてしまうのだ。

一八世紀以降ロシアに併合されたコーカサスで独立を求め続けた誇り高いチェチェンの

人々は、スターリンによって中央アジアに強制移住させられ、その間に人口の半分が亡くなるなど、民族絶滅の危機に何度も直面しながら、独立への希望を捨てずに来た。一九九一年のソ連邦崩壊後に強まったその動きは、九四年に独立派のマスハドフ大統領を誕生させるにいたった。選挙は、国連などの国際監視団のもと民主的に行われ、エリツィンもマスハドフに祝電を送ったほどだ。しかし、ロシアはチェチェンの平和裏の独立をぶち壊すために、別な傀儡《かいらい》政権をでっち上げ、一〇万もの軍隊を、岩手県ほどの面積の人口八〇万の小国チェチェンに投入した。ロシア軍はこの一〇年間で一般市民二〇万人、内四万二〇〇〇人の子供たちを殺戮している。「チェチェンに較べれば、内戦時のユーゴは幼稚園のお遊戯」「プーチンの出身母体である特務機関がチェチェンに設けたチェルノコゾボの強制収容所に較べれば、イラクのアブ・グレイブ刑務所は一つ星ホテル」と人権団体の人々が評するほど凄惨な虐待、人権侵害を続けている。

ロシア国内での相次ぐテロや今回の学校占拠事件は、プーチン政権による民族浄化に対するささやかな抵抗であり、復讐だ、と考える人が多い。しかし、プーチン自身が、チェチェン戦争での強硬姿勢を評価されてエリツィンに政権禅譲され、「テロ事件」のたびに人気を伸ばしてきた政治家であることを考えると、テロ事件をもっとも必要としていたのは、プーチンではないかという気がしてならない。

国民の耳が封じられたところで、凶悪なテロ事件が起こり、犯行声明の無いまま当局はチェチェン人の犯行と断定し、それを合図にロシア軍による大規模なチェチェン空爆&掃討作戦が始まり、恐ろしい人権蹂躙が相次いでも、「チェチェン人によるテロ」の直後のためロシア国内も国際社会も非難の声が上がりにくい。そして、テロ事件は犯人未確定のまま終息する。そういう筋書きを反復しながらプーチンはチェチェン民族の絶滅と併せて政権の安泰を謀っているのではと思わせる事態が進行している。

※事件当時、情報が錯綜した中で書かれたものです。一部、その後に異なる事実が発覚したものもありますが、当時書かれたままとしました。

「覆水盆《ふくすいぼん》に返《かえ》らず」

かつて絶世の美貌を賞嘆された老女優が、ハリウッドでも人気のある美容整形外科医院を訪れ、シワ取りを所望した。往年のスターだけに、院長自ら治療の内容と手順を懇切丁寧に説明し始めたところ、老女優はいかにも面倒くさげに遮った。

「あのねえ、難しいことは分からないの、あたし。とにかくお願いするわ」

ムッとした院長は、それでも慇懃に申し添えた。

「なお、わたくしどもの施術の結果がお気に召さない場合は、一〇〇％お返しいたしますのでご安心ください」

「あら感心なこと、良心的なのね。払った金額を全額返してくださるってことね」

「いえ、お返しするのは、シワです!!」

たしかに、シワは、たるんだ皮膚を引っ張って余った皮膚は耳の後ろ辺りに集めて固定することによって見えなくなるらしいから、いったん取り去ったシワを元通り顔面に戻すことは可能なのかもしれないが、ひとたび器からこぼれ出た液体は、器に戻らない、というのが長いあいだ世界の常識だった。それを表す諺の代表格が、**覆水盆に返らず**だ。

その昔、周の呂尚《りょしょう》という男が金もないのに読書三昧で一向に働かない。嫌気がさした妻は離縁して家を出ていった。ところがその後、呂尚が出世し斉に封ぜられて太公望として名を成すと、かつて彼を捨てた元妻がのこのこ現れて復縁を迫った。今や太公望となった呂尚は、これ見よがしに盆に注がれた水を地面にこぼし、

「この水を元通り盆に返すことができたら願いを聞き届けよう」

とずいぶん嫌味な断り方をした。覆水盆に返らずは、この有名な故事から生まれた諺。

諸家の説を集め先秦時代に編まれた『鶡冠子《かつかんし》』には、「覆水は定めて収め難し」とあり、盛唐の詩人、李白は、

覆水再び収むるも豈《あに》杯に満たんや
棄妾已に去りて重ねては回り難し

とうたっている。一度こぼれた水を杯に戻すのが無理なように、男女の仲もいったん壊れてしまえば元に戻すことはできない、というわけだ。

後になって宋の名僧道原が『景徳伝燈録』のなかで、

落花枝に帰らず、破鏡再び照らさず

と別な比喩を用いて同じことを説いているが、「破鏡……」とは、『神異経』に記された次のおとぎ話。

仲のいい夫婦が離れて暮らさねばならなくなり、鏡を割ってそれぞれ片割れを愛情の証として持つことにしたが、妻が不倫に走るやその片割れがカササギとなって夫の元へ舞い戻り、不倫がバレて離縁となったというもの。「覆水……」も「破鏡……」も転じて、一度失敗したら取り返しがつかないことの喩えに使われている。

それにしても、「覆水……」にしても、「破鏡……」にしても、勝手に離縁したり、浮気したりするのが妻の方。夫婦生活崩壊の原因は妻の側にあるという設定になっているのは、おそらく統計的にその方が多いことを反映しているのではなく、男中心主義的道徳律にとって、それだけ妻の不誠実が異常事態だったのだろうし、夫が同じことをしても、離縁の原因にはならなかったのだろう。

日本では江戸中期の浄瑠璃に、『艶容《はですがた》女舞衣《おんなまいぎぬ》』という先の太公望の物語の翻案ものができて、主人公に、「鉢の水を大地に明させ。その水を鉢へ入よ。元の如く夫婦に成《なら》ん」という台詞を言わせている。別な浄瑠璃『伊達《だて》競《くらべ》阿国《おくに》戯場《かぶき》』にも、同じような台詞回しがあるぐらいに、有名なシーンになったようだ。

中学時代、英語の時間に、「覆水盆に返らず」に相応する諺として暗記させられた、It is no use crying over spilt milk＝こぼれたミルクのことを嘆いても無駄とか、A mill cannot grind with the water that is past＝水車は流れ去った水で粉を挽くことはできないなどからも察せられるように、似通った慣用句は古今東西に分布している。しかも、今やリンガ・フランカ（世界語）に成り上がった英語ではあるが、比較的最近になって急成長した言語なので、その成句の多くも、実はそれ以前に栄えた民族からの受け売り、という場合が多い。

たとえば前者は、アフガニスタンのこぼれた油は元の壺に戻らないやクルド族のひとたび搾乳された牛乳は元の乳房には戻らないが伝播してきて変形したのかも知れないし、後者はイタリアの諺、一度流れ去った水はもう粉を挽かない＝Acqua passata non macina più やアフガニスタンの河口から流れ出た水は元の河へは戻らないを彷彿とさせる。

もちろん、たまたま異なる時代、異なる土地で、同じ真理を似通った比喩で表したのかも知れない。もっとも、同じ真理を異なる比喩で表わした例の方がはるかに多い。

たとえば、抜けた頭髪は二度と元の頭に戻ってはくれない（ロシア）／潰れた卵は元の形には回復しない（ヴォルガ河畔のフィン族）／蚤に腹を立てて燃やした綿入れは二度と復元されない（ブルガリア）／吐いた唾は口の中に戻れない（アラブ）／犯した過ちは象が引っ張っても取り返すことはできない（スリランカ）／鳥についばまれた畑に蒔いた種は戻らない（パキスタン）。

また、マダガスカルの人々が理想とするのは、割れてしまったら最後、元に戻らない石のような友情ではなく、たとえ小さくなっても修理可能な絹のような友情だ。

要するに人間関係は、努力次第で修復可能ということだ。山田美妙は、明治四一年に著した『二郎経高』の中で、「覆水更に盆に回った夫婦は只の妹背より情濃くなる」と復縁したカップルは絆が強くなるとさえ述べているほどだ。

ついでに言えば、地面にこぼれた水だって地下水となるか、蒸発して雲を形成し雨雪霰《あられ》となって地上に降ってくるのだから、回り回って戻って来るとも言える。現代の技術を以てすれば、川の流れを逆流させることも、割れた鏡や岩石を修復することも可能だろう。

工場生産品が出回る今日、燃やした綿入れと寸分違《たが》わぬ綿入れを調達することも容易だし、鳥についばまれた畑には、また種を蒔くこともできる。

しかし、どんなに科学技術が発達しようと、永遠に回復不能なものがある。それは時と命。命あるものにとっての時というべきかもしれない。

Time lost cannot be recalled＝失われた時は呼び戻せないし、Repentance comes too late＝後悔は先に立たずだし、What is done cannot be undone＝やってしまったことは取り返しがつかない（イギリス）のだ。

ひとたび枯れ落ちた花も、搾乳された牛乳も、潰れた卵も、抜けた頭髪も元に戻りはしない。しかし、花を咲かせる草木が生き続けている限り、花はまた咲くだろうし、牛や山羊が生き続けている限り、また乳を出してくれるだろう。ハゲ頭の持ち主が生きてさえいれば、ハゲ頭に新たに毛が生えてこないとも限らない。While there is life there is hope

＝生きているかぎり希望があるのだ。

ところが、死者は手足を鞭打っても生き返らない（クルド）し、七〇匹の鼠を喰った猫がメッカ参りをしても神様には許されない（パキスタン）のである。死んで花実が咲くものか、命あっての物種なのだ。There is a remedy for everything except death＝万事に救済策があるものだ、ただし死は例外なのだ（イギリス）。

ネパールには、「マングースを殺して後悔しても手後れ」という慣用句があるが、これはインドの説話集「パンチャ・タントラ」に収められた悲しい物語がもとになっている。

ある男がマングースを飼っていて、それはそれは可愛がっていた。男は結婚し妻が子どもを産んだ。夫妻は当初マングースが赤ん坊を食べはしないかと心配したが、どうやら取り越し苦労だった。赤ちゃんもマングースに懐《なつ》き、穏やかな日々が続いた。

ある日、仕事から帰ってきた男は、マングースの口が血だらけなのを発見する。嫌な予感がして辺りを探し回ったが、赤ん坊の姿が見えない。さては、このマングースが大事な赤ん坊を嚙み殺したのだな。あれだけ可愛がってやったのに。カーッと頭に血がのぼった男は、マングースを滅多切りにして殺してしまう。

ところが、その直後、赤ん坊の朗らかな笑い声が聞こえてきた。妻に抱かれて現れた赤ん坊には傷一つ無い。夫の顔を見るなり妻は口を開いた。

「あなた、昼間、恐ろしい蛇が忍び込んできて、赤ちゃんに襲いかかろうとしたのよ。それをマングースが楯になって守ってくれたの。蛇を嚙み殺してくれたのよ」

「えっ、すると、あの血は……」

その時になって妻もマングースの血まみれの死骸に気付いて悲鳴をあげた。男の後悔と悲しみ、自責の念には際限がなかった。

来るべき大統領選挙に向けたテレビ討論で、民主党ケリー候補に、「とてつもない判断ミス」と糾弾されながらも、「イラク開戦は正しかった」と強弁し続けるブッシュ大統領の表情には、自分が強行した戦争によって失われた、また失われつつある、かけがえのない無数の命（イラク人の犠牲者はすでに二万人を超え、アメリカ兵の死者も一二〇〇名以上に達している）についての後悔も哀しみも、自責の念も読み取れなかった。

もちろん、ブッシュの腰巾着小泉もまた、ブラジルでの日本人移民たちの自分に対する大歓迎には感激のあまり流す涙はあっても、自分が支持したイラク攻撃によって失われる命に流す涙は無い。何しろ、アテネの金メダリストには祝福の国際電話をかけてはしゃぐ暇があるというのに、同じ時期に沖縄国際大学の校内に劣化ウラン弾搭載の疑惑濃厚なヘリコプターが墜落し、日本の警察や消防はおろか大学の学長すら現場に入ることを許されない異常事態が発生し、この件で上京した宜野湾市市長を、「夏期休暇中」を理由に追い返した首相である。国民の命と安全には徹底して無関心ノー天気なのだ。

戦火のバグダッドで生き抜く二四歳のイスラム教徒の女性リバーベンドは、インターネットで公開している日誌に記している。

「今回の戦争は、大量破壊兵器をめぐる戦いとして始まった。その大量破壊兵器が発見できず、証拠も根拠薄弱としか言いようがなくなると、突然〝テロとの戦い〟に方向を変えた。そしてアル・カイーダやウサマ・ビンラディンとのつながりが立証できなくなると（FOXニュースとブッシュの頭の中は別だけど）、今度は〝解放〟に転じた。好きなように呼んでもらってかまわないが、私にとっては〝占領〟でしかない」

そして今日も、〝占領〟軍による空爆と掃討作戦、レジスタンスによる破壊活動によって再生不可能な命が奪われていく。

今年八月半ばになって、パウエル米国務長官が大量破壊兵器の発見を断念する発言をして、存在しなかったことが半ば既成事実化していたところへ、国連事務総長のコフィー・アナンは「イラク開戦は違法」と初めて明言し、異例の米国批判を行った。開戦時は盛んに国民の戦闘意欲をかき立てていたアメリカのマスコミも、ここへ来て、ブッシュ政権が情報操作によって国内外の世論を開戦に導いたことを検証する記事や番組が報じられるようになった。一〇月三日付けの「ニューヨーク・タイムズ」は、情報機関や核専門家の意見を退けた米政府は、誤りに気づいたあともイラク開戦に向けて、核疑惑が深刻であるかのように国内外の世論を導いたと結論している。さらには、一〇月初旬、イラク攻撃に関する米調査団がイラクで大量破壊兵器の備蓄、開発計画ともに確認できなかったとする最終報告書を公表した。

イラク開戦後一年半以上も経った今ごろになって、そんな訂正や検証をされても（されないよりはずっとマシではあるが）、ひとたび殺された人たち、女たち、子どもたちは絶対に戻ってこないというのに、いい気なものである。

ああ、そうそう、もう一つ、回復不可能な代物があった。それは、**ひとたび口から放たれた言葉**（ハンガリー）。その伝でいくと、ひとたび他人に読まれてしまった文章もまた無かったことにはしてもらえない。

だからこそ、わたしは、**締切を守らなくても死にゃあしない**という諺を創って、原稿のために健康を損ねて命を削る愚を犯さないよう己を牽制し、**人生は生き直せないが、原稿は書き直せる**という諺を捏造《ねつぞう》して自分を励まし、いつも校正ゲラを満身創痍《まんしんそうい》にして返すものだから、編集者に辟易されているのである。ご免なさい。

「目糞鼻糞《めくそはなくそ》を笑《わら》う」

とある出版社の編集部に書きためた原稿を持ち込んだ男がいた。典型的なパラサイト・シングル。かなり年を食ってはいるが、精神的には幼稚なタイプで、どんなに遠回しに断っても察してくれない。しつこく訪ねてくる。編集部一同はほとほと手を焼いて困り果て、ついに手練れの編集者が相手をすることになった。

「前回お預かりした原稿読ませて頂きましたよ。長大な長編三本に中編八本。いやあ、大変な労作ですな、正直言って疲れましたよ。ただプロになるおつもりなら、もっともっと勉強して頂かなくてはなりません。まず、世界と日本の名著を片っ端から読むことです。ご自宅でも、通勤と帰宅の電車の中でも、時間が空きさえすれば、職場でも。とにかく、寝る間を惜しんで読みまくることです」

「それが必ず役に立つとお考えなのですね」

「もちろんです。あなたご自身は言うに及ばず、世のため人のために大いに役立ちます。とくにお奨めはバルザック、デュマ、ドストエフスキー、トルストイにトーマス・マンなどの全集を読破していくことです」

「どれも長くてなかなか終わりませんよね」

「だからいいんですよ。あなたが読書に没頭すればするほど、それだけ創作に従事する時間が少なくなりますからね」

「己の真の姿は見えない、少なくともひどく見えにくいものである」

これが右のジョークを支える真理であり、多くの諺、慣用句もまた、この真理を手を替え品を替えて説いている。

目糞鼻糞を笑う、あるいは、**鼻糞目糞を笑う**も、もちろんこの系列に当たる。

実は、ロシア語には、**目糞鼻糞を笑う**（略して目糞鼻糞）に相当する諺がなくて、通訳する際に、わたしはそのまま字句通りに訳していたのだが、

「自分の欠点に気付かないで、あるいは棚に上げて、他人の同じような欠点をあざ笑うことの滑稽さ」

を戒める意味は十分に伝わっていた。

あるとき、その話題になり、末澤昌二さんというロシア語の達人が、ウクライナ大使在任中、
Сор над пылью смеется＝屑が埃を笑うと言い換えて切り抜けたという話をなさった。

一国を代表する大使としては、やはり「**目糞鼻糞**」などというはしたない言葉を外交の席

で発するわけにもいかなかったのであろう。

ところで、なぜ、わたしが字句通り訳したフレーズも、末澤さんが字句を若干入れ替えて即席で仕上げた自家製諺風フレーズでも通用したのか。

「○○が△△を笑う」

というパターンの普遍性ではないだろうか。

試みに、日本で刊行された諺辞典の類をひくと、「○○が△△を笑う」というパターンを踏襲した諺が思いの外多数あることに気付かされる。○○や△△部分に、目やに&鼻垢、牡蠣&鼻垂、樽ぬき&渋柿、腐れ柿&熟柿、たらい&半切などをそれぞれ挿入すれば、戒めの意味するところ寸分違わない諺になっている。まあ、誰でもこのパターンを踏まえれば、即席で諺ができてしまうということだ。

その代表格に、**猿の尻笑い**というのがある。猿同士がお互いの尻が剝けて赤いと言って笑うのを指しているのだが、ほとんど字句通り同じ諺が遠く離れたアフリカの各地に伝わっているのには、ちょっと驚いた。

たとえば、アフリカのスワヒリ語には、**猿は自分の尻を見ず、他の猿の尻を見るのみ**という成句があるし、やはりアフリカのセネガルでは、**赤く剝けた尻を笑う猿がいるだろうかと**猿に託して、自分と大差がないのに他人の言動を嘲笑しがちな人間を戒めている。

世界各地の同種の諺を見回しても、「○○が△△を笑う」というパターンを陰に陽に踏襲していることが確認できる。

たとえば、バングラデシュには、縫い針は茶漉《こ》しに穴があると言って笑うという言い方があり、アフガニスタンには、篩《ふるい》が茶漉しに、「お前は穴だらけだな」と言って笑うという諺がある。

バルト海沿岸のエストニアでは、鍋が釜を罵る、お互いに黒さはおなじなのにという諺があり、同じバルト海沿岸でも北側に位置するフィンランドでは、大鍋が小鍋を責める。両方とも黒い脇腹という言い方をしている。

これには、ピンと来た方も多いだろう。高校英語で暗記させられた、The pot calls the kettle black＝鍋はやかんのことを煤だらけと呼ぶと同じルーツが考えられるからだ。

○○、△△に入れられる言葉も、各国、各地の事情を反映していて面白い。

中南米のベネズエラでは、アルマジロはモロコイ亀を「甲羅野郎！」と言って罵ると言い、中央アジアのウイグル族には、蛇は自分の湾曲を知らないので、駱駝の身体が曲がっているとバカにするなんて言い方がある。

スイスには、悪魔が笑うシリーズの諺があって、その一つに、泥棒が他の泥棒から盗みを働くとき、悪魔が笑うというのがある。まことにミャンマーの諺が戒める通り、自分で醜いのは自分では見えず、他人が醜いのは可笑しくて仕方ないのである。

ところで、団栗《どんぐり》の背比べや似たり寄ったりとともに、小さな差はあるが本質的に違いはないことの喩えにしばしば使われる五十歩百歩も、元々は近松門左衛門の作品など江戸時代の文献に散見される五十歩を以て百歩を笑うの短縮形らしいのである。『太平記』巻三十九にも、五十歩に止まる者、百歩に走るを咲《わら》うが如しとあり、みごとに「○○が△△を笑う」というパターンを踏んでいるのだ。

そして、その元となった故事の出典は、どうやら戦国時代に活躍した儒学者孟子の言行をその弟子が編纂した著『孟子』に収められた「梁《りょう》恵王上」だから、孟子の生きた紀元前三七二年から二八九年頃の中国大陸で、すでにこのパターンは使われていたことになる。

その肝心の故事をのぞいてみよう。

梁の国の恵王は、自分は日夜民草のために優れた政治を行っているというのに国はちっとも栄えず人口も増えない。凡人が治める隣国の人口とさして差がつかない。これは理不尽だ。なぜ、この国の人口は増えないのだろうか、と孟子に尋ねた。すると、孟子は次のようなたとえ話で謎掛けをした。

「戦場で五十歩逃げた兵士が、百歩逃げた兵士を臆病者と嘲笑ったとしたらどうでしょう？」

「どちらも逃げたことに大差ありませんね」

と恵王は答えた。それに対して孟子は、

「王がおっしゃるところの民草のための優れた政治も、隣の国とさして差がないということですね」

と諭したのだった。

さて、スターリン時代のソ連のことを、かつて作家のソルジェニーツィンが、いみじくも「収容所群島」と呼んだ。二〇〇二年九月一七日の日朝会談後の発表、拉致された日本人をめぐる北朝鮮側の対応、増え続ける難民、軍法会議にかけられたジェンキンスさん、そして曽我ひとみさんの証言等々は、朝鮮民主主義人民共和国という国全体が丸ごと一つの強制収容所であることを、あらためて多くの日本人に知らしめた。あまりにも荒唐無稽で不条理で、冷酷無比にして残虐で、果たしてこんな国とまともに国交を成り立たせてしまっていいのか……などと愚考しつつ、つい先だって、Kと交わした会話を思い出してしまった。

Kは大学時代からの親友で、生来陽気な男なのだが、浮かない顔をしているので、挨拶がてら、

「どうしたのよ、いったい?」

と尋ねたところ、今にも泣き出しそうになりながら訴えてきた。

「うちの会社、もー完全に北朝鮮化してるんだなあ」

その会社というのは、例の某社。社業が傾いていてかなり深刻な事態になっているらしいという噂は前々からあった。わたしも俄然、興味がわいてきて、矢継ぎ早に質問してし

まった。

「というと？　飢餓地獄？」

「うんうん、社長一族は贅沢三昧で湯水のように金を使ってるのにね。社員の給料は、ここ数年間無配、遅配が続いている。まっ、あれだけ無能な経営続けているのに持ちこたえているのは、業界七不思議の一つと言われてきたんだ」

「つまり、社長一族の独裁体制なんだ？　個人崇拝であちこちに銅像があったりして」

「えっ、何で分かるの⁉　前社長と現社長の銅像や胸像、肖像画だらけなのよ、うちの社屋の敷地内は。前の社長が敗戦直後に今の会社を乗っ取って以来、ずーっとワンマンでやってきたところへ、亡くなって、芸術家気取りで好色なドラ息子が跡を継いだんだなあ」

「トップは死ぬまで変わらない。政権は世襲制ってのは、たしかに将軍様の国とそっくりね」

「その跡継ぎがね、無能なのと人徳が無いのとで、どんどん人心は離れていくし、業績は落ちっぱなし。テレビCMや広告だけはやたら派手で効果全くないの打つんだけどね」

「でも創業者とか功労者による独裁体制で世襲制ってのは、多いんじゃない？　日本の場合。小泉も安倍も世襲でしょ。政治家もタレントも社長も多いよね、二世とか三世とか。金正日なんてあれだけ恐怖体制布いて、やっとのことで世襲制を維持しているのに、日本人は自由意思で二世、三世の『毛並みの良い』政治家に選挙で投票するでしょう。金正日は羨ましくてしかたないんじゃないかしら」

「始末が悪いのは、そのドラ息子が自分の失策の責任をまったくとらないで、全部部下に責任を押しつけるのよ。忠犬たちがみんな尻ぬぐいしているから、本人は反省することがないんだな。社長の周りを固めているのは、イエスマンの茶坊主ばかり」

「そう言えば、牛肉偽装事件の日本ハムの幹部たちも創業者と跡取りを守るために全部罪を背負ってたわね。有価証券報告書虚偽記載で辞任せざるを得なくなって、今や逮捕も秒読みだとささやかれるコクドの堤義明前会長も、あの西武王国を父親から譲り受けるときに、ワンマンと公私混同も一緒に受け継いだようね。確信犯的に法を犯し長年ばれずにこれたのは、周囲をイエスマンで固めてきたからでしょ。世襲制ではないけれど、日本の大手金融機関も自分たちの無能な経営の尻ぬぐいを日銀や政府に国民の血税で手当てしてもらっているし、その日銀や政府も、その責任はとる気配はないし」

「社会保険庁だって未だに無駄なレジャー施設に税金つぎ込んだ責任者の名前はあがっていない」

「それで、お宅の会社は粛清とかもあるの？」

「今まで父親の代に会社に貢献してきた社員や、少しでも自分の意向に異議を差し挟むうるさい社員をバッサバッサ更迭したり、辞職に追い込んだり。従わないやつは、村八分にされたり、仕事を一切与えられずに一日中窓のない部屋に閉じこめられたり」

「わーっ、すごい！　ちゃんと強制収容所もあるんだ。でも、労働組合はそういう人権侵害を問題にしないの？」

「以前にあった少しはまともな労組は潰されて、今あるのは完全な御用組合なんだよねえ。労資協調どころか、出世コースになっちまってるよ」

「じゃあ、会社が利潤追求を優先するあまり、反社会的な行為をしても、それに内部で抵抗したり反対する勢力がいないんだ。会社ぐるみの犯罪がやりやすいわねえ。簡単に隠蔽できちゃうもんね。電力会社が軒並み事故や不具合を隠蔽してるけど、内部告発奨励の前に、労組はいったい何やってたんだと思うよね。存在感が限りなく希薄」

「いやだな。痛いとこ突いてくるね。実は……」

と突然Kは口ごもってうつむいたので、話題を少し変えた。

「すると、難民続出とか？」

「うんうん。力のあるやつは、どんどん辞めてってるよ。ああ、オレもどこか拾ってくれないかなあ」

「すると、あなたの会社がやっていないのは、拉致だけね」

「うーん、まあね……ただね、ほら、有本恵子さんを騙して北朝鮮へ送り込んだ八尾恵って人が過去を反省して『謝罪します』という本出したでしょう。あの中に、拉致対象者に相応《ふさわ》しいのは、素直で信じやすく他の政治思想に染まっていない義理堅い人、というようなことが書いてあった。うちの会社が社員採用するときの基準にそっくりなんだよね」

会話を交わしてちょうど三日目、Kの会社は有価証券報告書虚偽記載が社会問題化して立ちゆかなくなり、韓国に、じゃなかった同業他社に併合されたのだった。

というわけで、北朝鮮を笑う前に、この際だからチェックしてみよう、あなたの会社の北朝鮮度。

1. ワンマン社長の独裁体制
2. トップは死ぬまで交代せず
3. 世襲制
4. 反対意見の抹殺、排除
5. 素直ないい子ばかり採る
6. 理不尽な資金、資材の配分
7. 隠蔽体質

……等々。

Ⅲ　二〇〇五―二〇〇六

「嘘《うそ》つきは泥棒《どろぼう》のはじまり」

仕事柄、出張の多い夫。今日は夫が出張という朝、妻はいつも夫を送り出しながらこう言うのだった。

「あなた、お帰りになるときは、必ず駅に着いたところでお電話くださいね。お風呂をちょうどいい温度に沸かしときますし、夕食も温かいものは温かく、冷たいものは冷たくお出しできるから。忘れないでくださいよ」

夫は、そう言われるたびに家庭を持つ幸せを噛みしめて頬が緩むのだった。もちろん、出張先からわが家へ帰って来る度に、妻の言いつけに従って、必ず電話をかけていた。

「いま東京駅に着いたところだ。あと三〇分ほどで着くと思うよ」

そしてたしかに、帰宅するといつもほどよい温度の風呂と温かい美味しい夕食、それに何よりも優しく微笑む妻が待っていた。

ところが、ある日のこと、ついウッカリ電話をかけるのを忘れて自宅前までやって来てしまった。窓越しに屋内が見える。あれ、見知らぬ男が素っ裸で家の中を歩き回っている。家を間違えたかな。あっ、いや、あれはまぎれもなく自分の妻だ。あられもない姿で男にしなだれかかっているではないか。夫は、そそくさとその場を逃げ出して喫茶店に入ると、呼吸を整えてから、自宅に電話を入れた。

「ああ、オレだ。いま東京駅に着いたところだ。あと三〇分ほどで着くと思うよ」

そして予告したとおり、三〇分後にわが家に戻った夫を待ち受けていたのは、いつも通りの、ほどよい温度の風呂と温かい美味しい夕食、それに何よりも優しく微笑む妻だった。

その心地よさを噛みしめながら夫は心の中で自分に言い聞かせた。

「あーあ、たった一本の電話を忘れたばっかりに、この幸せな家庭を崩壊させるところだったなあ。くわばらくわばら」

セネガルの諺に、家族を和解させる嘘の方が家族を引き裂く真実より良いというのがあるが、まさに右の夫の心境をピッタリ言い当てている。スワヒリ語の諺にも呪術師の嘘は病人の安堵、気休めにしかならないと思っていても、いざ困ったときは頼りになるというのがある。こういうのを、嘘も方便というのだろう。もちろん、嘘は望ましくないことだが、事態をまるくおさめるためには、ときにはやむを得ない場合があるということ。方便とはもともとは仏教用語で仏が衆生を悟りに導くための、教化、救済するための表現の手段を指していた。それが、後に社交や人間関係を円滑にするための嘘の効用を意味するようになったらしい。

類諺に、処世のためには、嘘をつくことも相手にこびへつらうことも必要な場合があると戒める**嘘も追従も世渡り**があるが、カンボジアの**曲がっている道を捨てるな、真っすぐな道は歩くな**に通じる。嘘や誤魔化し無しには生きるのは難しいという真理は万国共通なのだ。そして、その根底を貫くのは、所詮きれい事よりは実利を選ぶものだ、というリアルな人間観ではないだろうか。

話は変わるが、ドイツ・初期ロマン派の代表的詩人ノヴァーリスに『ハインリッヒ・フォン・オフターディンゲン』という未完の長編小説がある。『青い花』という通称タイトルの方が有名になった作品で、テーマは、詩精神の礼賛。つまり、現実や実際の生活が、いかに夢や幻想に導かれているかを物語ることである。その目的で、作者ノヴァーリスは、主人公オフターディンゲンの夢の中に美しい青い花を登場させる。主人公は、この夢に見た青い花を探し求めるのだが、結論から言うと、その青い花を手に入れることはできない。しかし、青い花を追い求める過程で、主人公の詩的才能が花開いていく。どうやら、青い花は、詩人の見果てぬ夢や理想美を象徴している。

夢や絵空事を花になぞらえる習慣は、周知の通り、日本にもある。

その代表格が、**花より団子**。見て美しい桜の花よりも、おいしくて腹のふくれる団子の方がよい。風流よりは実利を、外観よりは内容を、見栄《みば》えよりは実質を尊べと説く諺だ。

花の下より鼻の下という言い方もある。花の下でその美しさをめでるよりも、鼻の下、つまり口を糊する方を優先せよという考え方。

試みに手元の諺辞典をいくつか引いてみて、この実利優先主義を勧める戒めが殊の外多いのに驚いた。一中節《いっちゅうぶし》より鰹節・酒なくて何の己が桜かな・色気より食い気・詩をつくるより田をつくれ等々。

朝鮮半島には、金剛山も食後景という諺があって、一生に誰もが一度は見たいと憧れる絶景金剛山もまずは腹をふくらましてからではないと楽しめないものだと説いているし、タイには、オナラより糞という諺もある。スイス人は、鞄の中のパンの方が帽子に付いた一枚の羽根よりましだという。

英語にも、Bread is better than the song of birds＝鳥の歌よりパンをはじめとする実質主義礼賛の諺がやたら多いが、ロシアも負けてはいない。ウグイスをおとぎ話で養うわけにはいかない。夢物語では食ってけないってことである。

ロシア人はまたよく空を舞う鶴より掌中のシジュウカラと言う。夢絵空事にうつつを抜かすよりも、地に足をつけて、今出来ることを重視せよという意味だが、ロシアの隣国ウクライナでは、今日の雀は明日の鳩より素晴らしい・小さい魚でも大きい油虫より素晴らしいという言い方をする。これは、日本の明日の百両より今日の五両に通じる。

美男美女に生まれるより、幸福者に生まれる方がいい（ロシア）といういい方もあるが、たしかに、美貌と幸福は共存しにくいところがある。

家の魅力は建物の華やかさや美しさではなく、パイの美味しさで決まるもロシア人がよく口にする諺だ。目も眩むような立派なレストランで、まずいご馳走食べるよりも、ワサワサと小汚い店なのに、出る料理のどれもほっぺた落ちるうまさの方に、わたしも軍配をあげる。

これに関連して最近発見したことなのだが、料理好きな人って、掃除が苦手というタイプが多いのではないか。逆に、チリ一つなく見事に掃除が行き届いたお宅ほど、出される料理はイマイチだったりする確率が、高い気がしてならない。

ところで、これだけどこの国にも夢絵空事よりも実利に、美よりも美味に軍配をあげる慣用句が多いということは、逆に、人間がいかに実利を忘れて夢絵空事に走りやすい生き物かを物語っているのではないだろうか。

通訳業で口を糊していた頃、通訳者を紹介して欲しいという顧客が、次のような条件を口にすることがしばしばあった。

「なるべく若くて美人の人を」

しかし、こんなとき、

「若くて美人だけど、通訳としての腕はあまり高くない人と、さほど若くも美人でもないけれど、通訳能力の高い人とどちらがよろしいですか？」

と尋ね返すと、必ずと言っていいほど前者を諦めて後者を所望する。理想は、花も団子もなのだろうが、最終的には、「団子」に落ち着くのだ。こうなると、先に引いた諺群は、そうあれと説く戒めではなく、そもそも人間の本質が実益追求型なのだという悟りに思えてくる。

先に紹介した青い花のイメージも、面白いことに、実は、ノヴァーリスの発明ではなくて、グリムが集めたおとぎ話の中にすでに登場する。牧童がたまたま見つけた青い花を自分の衣服に飾り付けたおかげで、財宝を発見するという物語だ。そして、ノヴァーリスの小説だって、青い花を追い求めた結果、詩的才能という実を手に入れる物語なのだ。

大量殺戮兵器の隠匿→テロとの戦い→イラク社会の民主主義化と、戦争を始めるときの**大義名分・錦の御旗**、要するに表向きの理由はクルクル変わってきたが、こちらは「花」、夢絵空事の部分で、「実」の方は、石油利権と軍需利権だったりするわけだ。

日本人が最近心惹かれる夢絵空事に「国際貢献」と「民営化」がある。平和憲法がありながら戦地に自衛隊の若者たちを心安らかに派遣することができるのも「国際貢献」という**大義名分**があるゆえだし、国有財産だった、つまりは国民からの税金や資金で創設され運営されてきた、いわば全国民的持ち物だった電電公社（今のＮＴＴ）や日本国有鉄道（今のＪＲ各社）や道路公団や日航や年金基金等々が、いつのまにか国民の持ち物から民間企業の私物になってしまうのも「民営化」という**大義名分・錦の御旗**のおかげなのだ。

たしかに、常日頃不親切非効率なお役所仕事に悩まされている国民にしてみれば、「民営化」というキャッチフレーズは、より効率的な（つまりは税金の無駄遣いをしない）経営への転換を期待させるものだ。でも、それは、あくまでも「花」の部分。

たとえば、日本国有鉄道は、「国有」であるがゆえに日本中の広大な国有地を自由自在にタダで使ってきた。鉄路や駅などの設備施設も尽《ことごと》く税金で建設してきた。政治家と利権絡みで膨大な赤字が経営を圧迫し始めるや、政権与党はその原因究明をする代わりに「民営化」に踏みきり、なぜか赤字は国民の負担で解消していくことになり、赤字から解放されたJR各社は、なぜか国有地も設備施設も譲り受けている。そして、今や駅構内の水飲み場を潰して自動販売機を置いたり、ロッカーを潰してできた空間をバカ高い賃貸料で民間企業に貸し出して儲けたり、旧国有地に次々ホテルを建設して、もともと世界的にも犯罪的に高価な乗車券に一五〇〇円ほど上乗せしてホテル代込みのセット価格（これは、独占禁止法が禁じている抱き合わせ商品ではないだろうか）を設定して、とうてい太刀打ちできない民間ホテル業を圧迫しまくっている。

小泉首相が何が何でも推し進めると豪語する郵政民営化もまた、民業圧迫に過ぎないことは、「民営化」途上の郵政公社による新ゆうパック料金のダンピングやローソンへの参入に対して、さる九月二八日にヤマト運輸が郵政公社を独占禁止法違反で提訴したことでも明らか。郵政民営化によって郵便・郵貯・簡保の三部門の持株会社制に移行する関係で各部門による独立採算制を求められているため、民営化前に収益率の高い小口宅配事業に参入しようとしているわけ。しかし、もともと宅配ビジネスは民間の創意工夫で開発されてきたもの。それを今まで法人税を免除され、白ナンバーのトラックで税金も優遇されていたくせに年間一〇〇億円もの赤字を出し続けている構造的欠陥にメスを入れずに、郵便事業の赤字をゆうパックのダンピングや、民業を食い潰してまで解決しようという魂胆。

このたかり体質というか、詐欺体質は、「民営化」されてNTTと名乗るようになった電電公社による電話加入権の廃止を返金もせずに成し遂げてしまうところに如実に表れている。

電話を敷設するには、電話加入権という債権を電電公社から購入しなくてはならなかったのだ。電電公社が施設設置負担金として独占的一方的に定めた金額を支払って「加入電話を引くことができる権利」を得てはじめて電話を引くことができたのだ。この加入権は譲渡や売買も可能で、いつでも電電公社（そしてその継承者であるNTT）が買い戻す債権であると契約書には明記されてきた。未だに相続税計算のときに相続資産の項目に電話加入権があることからしても、これは会計上も債権あるいは無形固定資産として計上されてきた代物だ。

ところが、債権として大量に売りさばいておきながら、制度が廃止されたので債権まで勝手に消滅させてしまったのだ。

本来は、財政的に困難だった戦後復興期に、利用者に電話通信インフラ設備投資にかかる費用を負担させるための優れたアイディアだった。ということは、電電公社＝NTTのインフラ設備は加入権者全員による共同所有であるということになる。つまり、加入権制度を廃止したのなら、返金するか、NTTの株式に代替するべき性質のものなのである。

要するに、「民営化」という名の国家的詐欺が進んでいるのだ。

嘘つきは泥棒のはじまり・嘘は盗人の始まり・嘘は盗みの基などの諺が次々に浮かぶ。嘘をつくのは、小さな悪事かもしれないが、それが端緒となって平気で嘘を繰り返すようになり、ひいては、泥棒のような悪事を働いても恥じないようになる、という意味で用いられていて、嘘が泥棒に通じるとする諺は世界中にある。**嘘をつく者は盗みもする**（シベリア）／**嘘つきは泥棒のきょうだい**（フィリピン）／**嘘をつく者は盗みをはたらく**（エストニア）／**嘘をつく者は盗みもする**（サーミ）／**嘘をつくことが好きな者は盗むことも好き**（ブルガリア）／**He that will lie will steal＝嘘つきは盗む者・A liar is worse than a thief＝嘘つきは泥棒より悪い**（イギリス）。

でも、「民営化」にともなう大がかりな詐欺については、国民財産を盗み取るためにこそ「民営化」という嘘が生まれているので、**泥棒は嘘のはじまり**というべきなのだ。冒頭で紹介した、庶民の生きる智恵としての**嘘も方便**とは根本的に違うのだ。

「火事場泥棒《かじばどろぼう》」

災難というものが続けざまに起こること、不幸は不運を呼び込む癖があることを諭す諺はむやみに多い。泣きっ面に蜂は江戸時代後期の滑稽本や曲亭馬琴の作品に類似する表現が見られるので、その頃成立した表現らしい。痛む上に塩を塗る・病み足に腫れ足・病む目に突き目など悲惨が重なる様を喩える表現は多い。それは、日本に限ったことではなく、目病みに唐辛子の粉（朝鮮半島）／捻挫で唸っていると、ほら骨も折れた（ハウサ）／腫れ物の上におでき（インド）と世界各地に類諺が散らばる。

不幸は単独では来ない（イギリス）／災難はドアからも窓からもやって来る（エストニア）に代表される、不幸や不運は連続現象であると説く諺もウンザリするほどある。災害はポンド単位でくるがオンス単位で去る（イギリス）／不運は馬に乗ってくるが歩いて立ち去る（オランダ）等々。

転べば糞の上や、一難去ってまた一難など、不幸は団子になって押し寄せてくるものだと戒める諺も、文字通り団子状になって押し寄せて来るのを実感して欲しいと思って、以下並べてみた。

木から落ちて牛に突かれる（スリランカ）／象から逃れて虎に出会い、虎から逃れて鰐《わに》に出会う（ラオス）／天から落ちてナツメヤシに引っかかる（パキスタン）／水の入った鍋から油の入った鍋に落ちる（コミ）／雨から逃れて放水路に落ちる・虎を防いで狼に逢う（アフガニスタン）／押しつぶされた挙げ句に殴られる（ブリャート）／雨を避けて雹《ひょう》にあった（アルメニア）／煙を逃れて火に落ちる（ウクライナ）／降れば土砂降り（ヨーロッパ各国）／狼から逃れて熊に逢う（リトアニア）／雨を避けて霰《あられ》に遭う・犬から逃げて熊の手に落ちる（セルビア）／蠍《さそり》を恐れて逃げ、毒蛇の口に落ちる（インド）。ホメロスの『オデュッセイア』に出てくる海の難所を取り入れてカリュデュプスを逃れてスキュレーに落ち込むという諺にしてしまった例もある。片足をぬかるみから抜き出し、片足をぬかるみに踏み入れる（イギリス）／小難を逃れて大難に遭う（日本）／虎穴を逃れて龍穴に落ち（中国）。まさに、前門の虎、後門の狼（中国）、のっぴきならない状況のオンパレードなのだ。なんで世界の人々はこんな救いのない悲惨の重複を物語る諺が好きなのだろう。どことなくユーモアさえ漂うではないか。辛いことと悲惨なことは誇張することで笑い飛ばし、乗り越えようとする、人々の逞《たくま》しい意志のようなものが伝わってくるのだ。

その最たるものが、ヨーロッパ各地に伝わるイディッシュ語起源の諺で、オープンサンド落下の法則というのがある。オープンサンドが落ちるときは、必ずトッピングした側から床にぶつかる・バターパンはかならずバターの付いた側が床に付くというもの。マーフィーの法則に通じるものがある。

弱り目に祟り目は、弱った身体には物の怪《け》が取り憑《つ》きやすいという意味で、すでに安土桃山時代の文献に登場している。沖縄にも、類諺がある。病弱者《やはあらむん》にどぅ塵《ちり》ん芥《あくた》ん付《ち》ちゅる。その他、鬼は弱り目に乗る・貧者につけ込む風の神・風はいつも貧乏人の目に吹きつける（ウクライナ）／ボロ着に犬が噛みつく（ウズベキスタン）／ついていない人は駱駝に乗っていても犬に噛まれる（アルメニア）／傾いた木には山羊も飛びかかる（ポーランド）／年取った老人にダニは付きもの（グアテマラ）／虎も年を取ると犬にさえ吠えかかられる（ジャマイカ）／貧乏人がシャツを日に干せば雨が降る・痩せた犬は全身蚤だらけ（コロンビア）／やつれた馬には埃が張り付く（ウズベキスタン）／痩せ馬に重荷等々、一度落ちぶれた者は不運や災難に見舞われやすいと戒める諺は枚挙にいとまがない。綱は細いところから切れる（アフガニスタン、カザフスタン）／一番弱いものが壁ぎわへ追いやられる（イギリス）のだ。

　これでもかこれでもかと弱肉強食の理を説く諺を列挙したのは、インドネシアはスマトラ沖の地震による大津波の被害が、まさに貧者、弱者に最も残酷な形で降りかかったからだ。

　破壊され押し流された家屋の大半は貧しい人々のあばら屋のような木造家屋だった。そこに住んでいた人々のほとんどが住居、家財はおろか命を落としている。一方で、コンクリート製の頑丈な建物は、津波にも押し流されることなく、そこに居住するか宿泊していた金持ちの人々は、外出でもしていない限り生き延びた。

しかも、スマトラ島北部に位置するアチェ州では、一九七六年以来、武装勢力と政府間で独立をめぐる戦争が続いている。この戦争により、これまでに市民一万三〇〇〇人が死亡しており、昨年だけで二〇〇〇人以上の市民が犠牲となっている。

スリランカでも一九八三年以来、少数民族であるタミル人側の独立国家宣言を認めないスリランカ政府軍と反政府タミル人組織「タミル・イーラム解放の虎」のあいだに内戦が続いている。

最初は対岸の火事と鷹揚に構えていた先進諸国政府は、たまたまエキゾチックなバカンスを楽しむために被災地に滞在していた自国市民の犠牲者の数が尋常でないことにあわてふためき、自国市民の犠牲者数の把握、行方不明者の探索、被災者の救出、祖国への送還に躍起となった。一瞬にして家族、家屋、家財、稼業の一切合切を失った現地の被災者の苦悩と比べると、それは強烈なコントラストを成している。今回被災したタイの海岸でかつて『ザ・ビーチ』に主演したレオナルド・ディカプリオは率先して寄付をしたが、彼が演じた『タイタニック』号で一等船室の乗客が最優先で助けられ、三等船室の乗客の圧倒的多数が落命したのと同じ構図が反復された。

世界各国は競うように、人道支援を約束している。しかし、支援物資や救助隊が、それを必要とする人々のもとに届くのは、被災地域の空前の広大さもあって困難を極めている。すでに伝染病の蔓延が伝えられており死者はさらに増え続けている。復興には何年もかかるだろう。天災は、南北間に横たわる巨大な貧富の格差に光を当てた。

ここに、各国の国民一人当たりの総所得（米ドル換算）を示した、日本の総務省統計局が公表している二〇〇一年度の統計数字がある。まず、津波被害国、次にバカンス客の本国について見てみよう。

インドネシア	六五一＄
スリランカ	八二三＄
インド	四六八＄
タイ	一八四二＄
マレーシア	三四五八＄
バングラデシュ	三三四＄
ケニア	三三五＄
タンザニア	二六一＄
日本	三万二二八四＄
アメリカ	三万五〇八一＄

ドイツ　　　　　二万二三三九＄
フランス　　　　二万二〇七四＄
スウェーデン　　二万四八二〇＄

ご覧の通り、桁《けた》が違うのである。最も被害のひどかったインドネシアの国民一人当たりの所得は、そこで一部国民がバカンスを楽しんでいた金持ち国、日本の約五〇分の一。どんなに科学技術が発達しようとも、この巨大な落差がある限り、天災は貧者弱者の命を大量に奪い続けることだろう。

この命の格差は、イラク戦争でも露骨だ。米軍の死者が約一三〇〇名、同盟軍の死者と合わせても数千人なのに対して、イラク民間人の死者はすでに昨年九月時点で最低でも一〇万人以上に達している。米軍中央軍司令官のトミー・フランクス将軍が、イラク攻撃開始前から、〝We don't do body counts〟――「我々は死体の数を数えるつもりはない」と明言しているように、米軍はイラク民間人の犠牲者数に関心を持たずに来た。いや、実は極秘扱いにしてきたのだ。しかも、アメリカのメディアはまだしも、先進国のメディアまでが、米兵や同盟軍の兵士の死者数にはやたら詳しいくせに、イラク民間人の犠牲者数に無頓着だった。それで、イギリスとアメリカのNGO Iraq Body Count イラクボディカウントが、メディアで報道された死者数を累算して発表し続けている。この原稿を書いている時点で、その数一万五二九九人~一万七四四三人。しかし、これは、もともとイラク人死者数に無関心な先進国メディアに掲載された数字を拾っただけのものなので、正確ではない。

ところが、昨年一〇月二八日、イギリスの権威ある医学雑誌『ランセット』(電子版)に、「二〇〇三年のイラク侵略前後における死者数:集落抽出調査」という論文が掲載された。それによると、どんなに少なく見積もっても、昨年九月時点で、一〇万人以上のイラク市民が犠牲になっている、という衝撃的な数字が出たのだ。

この論文は米ジョンズ・ホプキンス大学、コロンビア大学とイラクのムスタンシリヤ大学による「米・イラク合同調査団」によるイラク人死者に関する調査報告だ。調査団は、まず昨年九月にイラク国内の約一〇〇〇世帯で聞き取り調査を実施し、米軍侵攻以前と侵攻以後における家族の出生や死亡の状況を尋ねて実地調査を行い、その後、統計的手法で死者数を推計するという方法を使って本格的調査を行った。今もその数は増え続けている。

思えば、アメリカは人類にとって誰も止められない「天災」のような存在になっている。

しかもアメリカは、スマトラ沖地震の災害救援を名目にイスラム教徒が多数を占める被災地域に、災害救援としては、史上最大規模の一万二〇〇〇名もの米軍部隊を派遣し、ジャカルタでの復興支援緊急首脳会議後の記者会見で、パウエル国務長官は「貧困がテロの温床。米国の被災地支援は被災国の国益である前にまず米国の国益である」と述べて、被災地域救援が「対テロ戦争」の一環であることを露骨にちらつかせ、反米感情をいたずらに煽っている。

　このことを一月七日付けの社説で取り上げた「琉球新報」は、「未曽有の災害に救援を求める被災国。そのすきを利用し、軍事強化を狙う。これでは『どさくさまぎれに不正な利益を占めるもの』『火事場の騒ぎにまぎれて盗みをする者』（広辞苑）を指す『**火事場泥棒**』と同じ」と非難している。

　被災地では、住人が避難した空き家を狙う盗難が頻発し、被災した孤児たちの誘拐、人身売買が横行していると、ユネスコが警告を発しているが、世界最強の国が、ケチなこそ泥と同じ手を使うのだから驚きだ。不幸が次々と襲いかかってくるのは、自然現象や社会現象で防ぎようがない面もあるが、火事場泥棒は、人の弱みにつけ込む、人工的に**弱り目に祟り目**を演出する卑劣な営み。

　この諺の起源は、中国の兵法が説く戦術の一つ**趁火打劫**《ちんかだきょう》である。趁は乗と同意で「つけこむ」。火は「火事・火災」。打は「相手にしかける・攻める」。劫は「追いはぎ・強盗」。すなわち、**趁火打劫**は、火に趁（つけこ）んで劫《おしこみ》（強盗）を打（はたら）くと読み、他人の家の失火に乗じて臆面もなく略奪を行うこと、つまり**火事場泥棒**の奨励なのだ。軍事的には、敵軍の内憂外患につけこみ、機に乗じて武力を行使し、身動きのとれない敵軍をたたきのめす策略をさす。それは、とりもなおさず、アメリカが被災国を決して友人とは見ていないことを教えてくれる。

津波に関して、おそらく世界最高の知識、経験を蓄積している日本は今こそ独自の力量を発揮して「アメリカの忠犬」だけではないことを示す好機ではある。医療と防疫、輸送を主な任務とする自衛隊の派遣にもいち早く踏み切った。大義なきイラク戦争への派遣と好対照で、これこそ戦争放棄を謳う日本国憲法の精神にふさわしい。まちがってもアメリカの「対テロ」戦略の駒、火事場泥棒の使い走りにはならないで欲しいものだ。

なお、一月三日発売の米誌「タイム」は、ホノルルの太平洋津波警報センター（PTWC）が一二月二六日のスマトラ沖地震発生後、津波の可能性を警告する電子メールをインドネシアやタイなど太平洋沿岸国に送付したが、各国の後進性のために情報は生かされなかったと報じ、これを日本の各紙がそのまま受け売りした。だが、ハワイ津波警報センターの「告示」を実際に読んでみると、THERE IS NO TSUNAMI WARNING「これは警報ではない」と二回も強調して断りを入れている。米国は、インド洋のディエゴガルシア島の自軍の海軍基地には津波の警告を送っているのだから、事態の重大さを自覚していただろうに、インド洋各国には警告していなかったという国際的非難は正しかったのだ。

「一事《いちじ》が万事《ばんじ》」

「ああーあ、カレもうあたしのことなんか愛してないんだわ」

そう言うと、佳代子の目からわき水のように涙が溢れ出てきた。摩耶はあわてて慰める。

「ウッソー。いつもラブラブじゃない。佳代子とカレ、いつまで新婚気分が続くんだろうって、みんなで噂してんだよ。なんでそう思うわけ？」

「一緒に住むようになってから毎朝、カレ起こすのにキスしてたの。そしたら、カレ目を覚ましながらあたしにキスを返して、トーゼンあたしももう一度カレにキスするでしょ。トーゼン、カレもあたしもその気になってきて……ってわけ」

「……まま毎朝？　でももう一年になるわよねえ、佳代子とカレが一緒になってから」

「うん、昨日が結婚記念日だったのよ。それで、カレが何プレゼントしたと思う、あたしに？」

「さあ……？」

「目覚まし時計よ」

こんなふうに、ひとつの物あるいはひとつの事を知るだけで、事態の全体像を把握できてしまうことを一事が万事と言う。類諺に、一事を以て万端を知る・一を聞いて十を知るなどがある。

ほんのとるに足らない兆候から巨大な出来事や、本質を捉えるという意味で、限りある時空間でしか生きられない人間は太古の昔から、まさにそのために、いやそれを目指して、物事を執拗に観察し、分析し、そこに貫かれる法則を見極め、そこから未来を占おうとしてきた。科学はそのように発展してきた、とも言える。占いだってかつては科学そのものだったのだ。

そして賢い人とは、まさに豊かな経験に裏打ちされた知識と正確な判断力によって、未知な事態に遭遇しても、ほんのわずかな情報から全貌をつかむことができたりするわけだ。知っている人には一言で足りるが、知らない人には千言いる（シベリアの少数民族ショル）／A word is enough to the wise＝賢者には一言で十分（イギリス）／一斑を見て全豹をトす（中国）等々、そういう知恵や知恵を持つ賢者を讃える諺はゴマンとある。

ところで、火のないところに煙は立たぬという諺は、日本では広く人口に膾炙していて、たとえわずかでも事実があるからこそ噂も立つのだという意味で多用されていて、いかにも日本生まれの諺のような顔をしている。実際には、明治以降に欧米から渡ってきた諺のようで、煙のあるところには火がある、という本来は、部分から全体が類推できるものだ、あるいは、どんな現象にも原因があるのだ、という意味を担っていて、全てのヨーロッパ語、コロンビア、ベネズエラなどの中南米諸国、パキスタン、ウズベキスタンなどの中央アジア諸国に同じ表現が見られる。

猫柳のあるところに水あり（ウクライナ）／蜂を見かけたら近くに蜂蜜（ロシア）／木が揺れているのは風が吹いているから（アフガニスタン）／灰があるのは火があった証拠（ベネズエラ）等々、結果から原因を類推できると説く諺も枚挙にいとまがない。全てものごとは突然起こるわけではなく、何事にも原因と兆候があるというわけだ。

だから、山雨来たらんとして風楼に満つとか、一葉落ちて天下の秋を知るとか、注意深く観察していれば、物事のわずかな前兆から、その後の大勢を予知することは可能と説く諺もこれまた多い。後者は、前漢時代に淮南《わいなん》王であった劉安が著した『淮南子《えなんじ》』という文献の一章「説山訓」に出てくる文章、「一葉落つるを見て、歳の将《まさ》に暮れなんとするを知り、瓶中の氷を見て、天下の寒きを知る」から生まれた諺のようである。

ところが逆に、一事が万事ではない、煙があるからといって必ずしも火があるとは限らない、破魚《はぎょ》一匹で舟一艘分全部が腐っていると言わないで（ミャンマー）／蚤が跳ねても埃はたたぬ（ミャンマー）／ズボンをはいているからといって男とは限らない（スウェーデン）／光るもの必ずしも金ならず（日本）、ささいな兆候だけから早合点するのは禁物であり、慎重に物事の推移を見きわめるべきだと説く諺もある。たった一つの例が全体の原則にはならないというのだ。

その代表格が、中学時代に英語の時間に習った、One swallow does not make a summer＝一羽のツバメが夏をもたらすわけではないである。

これには、ぬか喜び・早合点というような意味もあったが、ほとんど同じ諺が、微妙に字句や表現を変えて、ヨーロッパの全ての言語にある。たとえば、ツバメ一羽だけでは夏は来ない（マケドニア）とか、ツバメ一羽が夏を呼ぶわけではない（スペインその他コロンビアなどスペイン語圏の中南米諸国）とか。

ただ、「夏」バージョンよりも「春」バージョンの方が圧倒的に多い。一羽のツバメでは春は作れない（チェコ、スロバキア）／ツバメ一羽で春になるわけじゃない（ポーランド）／一羽のツバメが春をもたらすわけではない（ロシア）等々。

これは、ヨーロッパ諸国の平均的緯度の高さを物語ると言うよりも、ツバメが南方から渡ってくる春に注目したか、巣立ったツバメたちがいやでも目に付く夏に注目したかの違いからくるものと思われる。ちなみにフランス語バージョンも「春」である。

「春」にせよ「夏」にせよ、

「ツバメを一羽見かけたからといって、もう夏（春）だなんて早とちりするものではない」

という戒めを担っている。

これだけヨーロッパ各国語に普及しているということは、ギリシャ、ローマの古典絡みかなと思っていたら、やはり、原典はイソップの教訓話であるらしい。

そのイソップの教訓話に立ち返ると、どうやら、英語やスペイン語の「夏」バージョンよりは、ロシア語やフランス語の「春」バージョンの方が正しいのではと思えてくる。

怠け者のくせに浪費癖のあるドラ息子が大金持ちだった父親から譲り受けた厖大な遺産をまたたくまに食いつぶしてしまい、最後に一着の外套だけを残すことになった。毎日の食事にも事欠く零落ぶりである。

それで、ある日、一羽のツバメを見かけるや、ドラ息子は、ツバメが戻って来たからには、春がやって来たに違いないと判断して、外套を売り払ってしまうのだ。ところが、まもなく寒気がぶり返して来て、ツバメは凍え死んでしまう。寒さに震えながら、浪費家のドラ息子は、

「よくも、オレを騙してくれたな！」

とツバメを呪うことしきりだった。

この逸話、ああ、そういえば、と思い出された方も多いことだろう。もしかして、オスカー・ワイルドの『幸福の王子』のタネ本かしら、と。

もっとも、このイソップの教訓話が諺の元になったのではなく、イソップ自身が、この物語を当時すでにあった諺をヒントに創作したのではないか、という説がもっぱら有力で

ある。

というのは、イソップの同時代の劇作家クラチヌスの喜劇にも、古い諺として紹介されているということだ。アリストテレスも『ニコマコス倫理学』のなかで引用したのをはじめ、多くの哲人や雄弁家が、この諺を好んで引用したらしい。

それでも、一羽のツバメだけでは春にはならないという名諺がヨーロッパ文明圏でここまで広まっていった最大の功績は、やはりイソップにあるのだろう。哲学書や古典劇の台本は読まなくてもイソップの説話には誰もが子どものときに触れる。

いや、むしろツバメの貢献の方が大きいのかもしれない。独特の姿形と飛び方で季節の変わり目を告げるツバメは、どの国でも人目につくし、たちまちポピュラーな鳥となったのだろう。だからこそ、諺も人口に膾炙した。もしかして、英語やスペイン語の夏バージョンの諺は、イソップの教訓話を経由しないものなのかもしれない。

ところで、第二次世界大戦を経て世界が東西両陣営に分断されて対峙する冷戦一〇年目の一九五五年七月にスイスのジュネーブでアメリカ、ソ連、フランス、イギリスの首脳が一堂に会した巨頭会議が催された。そして、フランスの「ル・モンド」という新聞には、その直後に次のような論説が載った。

「ジュネーブ巨頭会議で、お互いに対する非難、侮辱、脅しの応酬が影をひそめたのは、無論、喜ばしいことだ。しかし、会議はまた、ほぼ全ての問題に関して東西間の立場は途轍もなく隔たっていることを明らかにしてしまい、喜びもぬか喜びとならざるを得ない。一羽のツバメだけでは春を作れないというわけだ」

この論説に噛みついたのが、ソ連の人気作家エレンブルグだった。スターリン時代の終焉と新しい文学と社会のあり方を問う、まさにソビエトの社会と文学にとっての新しい季節の到来を告げるツバメの役割を果たした中編小説『雪どけ』（一九五四年）の作者である。議員でもあったエレンブルグは、ジュネーブ巨頭会議の一週間後に開かれたソ連邦最高会議（議会）で発言する機会があり、右の新聞論説を批判的に取り上げて、巨頭会談の成り行きを評価する演説をしている。

「先のジュネーブ巨頭会議の結果、明らかになったのは、東西間の立場の隔たりだけではなく、両者に前向きの意志があるということだ。この前向きの意志さえあれば、いかなる意見の相違も紛争問題も解決できるはずだ。ロシア語にも孤独なツバメ絡みの同じような諺がある。わたしは、これをさほど賢明な諺だとは思わない。たしかに、たった一羽のツバメが春をもたらすものではない。しかし、ツバメが飛来してくるのは、春という時期なのであって、決して秋にやって来るわけではない。それに、一羽のツバメが姿を見せると、それに続いて次々に他のツバメたちが飛んで来る。そもそも、ツバメが春をもたらすのではなくて、春がツバメをもたらすのだ」

はたして、その後出た百科事典や歴史事典で「ジュネーブ巨頭会議」の項目を引くと、

「この会議で、東西両陣営間の平和共存路線が打ち立てられた」と記されている。つまり、巨頭会議はやはり春の前触れとしてのツバメだったわけだ。

さて、さる二月三日までイギリスで開かれていた気候変動に関する科学者会議で、ビル・ヘアー博士が行った報告は衝撃的なものであった。博士は、環境問題ではドイツでも最先端の研究所であるポツダム気候影響研究所の客員研究員である。

これは、温暖化によってこの先一〇〇年間の内に地球上の生態系、野生の植物界、動物界、食糧生産、水資源、そして各国と世界経済に生じるであろう変化に関する詳細な全体像で、初めて明らかにされたものである。

なお、会議では、様々な研究グループから悲壮な警告が発せられた。たとえば、イギリスの南極観測隊は、南極西部の氷塊が気温上昇の結果、決壊粉砕する可能性が高まっており、その場合、世界の海面は四・九メートル上昇すると警告している。

ヘアー博士によると、現在地球温暖化により産業革命前に較べ平均気温が〇・七度上昇しており、この傾向は続いている。この先二五年間で摂氏一度まで上昇すると、オーストラリアの山岳地帯の原生林や南アフリカ平原の半砂漠地帯の植物界の多くの品種が絶滅する。一部の発展途上国の食糧生産が落ち、水不足が深刻化し、ＧＤＰも急降下する。

現在地球上に棲息する大多数の人々がまだ生きているであろう二一世紀四〇年代には、産業革命前より地球の気温は平均して二度高くなり、生態系は深刻な変化にさらされる。

南極の氷塊が溶け、シロクマやアザラシの仲間など多くの生物が激減する。

また、熱帯地域の海洋では、珊瑚礁が脱色し、珊瑚礁に棲息する多くの生物が水温上昇に耐えかねて移動を強いられるか、絶滅する。地中海地域は、頻発する山火事と増殖する害虫に悩まされ、北米の山岳地帯を流れる河川の水温上昇のため鮭やニジマスなどの魚は姿を消す。南アフリカのフィンボスにはこの地域特有の野生の花が八〇〇〇種以上も咲きほこるが、その大半が絶滅する。ヨーロッパ、オーストラリアの高山地帯の多くの植物も姿を消す。中国では広葉樹がなくなっていく。飢餓と水不足に苦しむ人の数は一五億に達する。

二一世紀半ばには、温度差は三度に達し、その影響は危機的なものになる。アマゾンの原生林は完全に消失。珊瑚礁も同じく全滅。ヨーロッパ、オーストラリア、ニュージーランドの高山植物も絶滅。飢餓に苦しむ人の数は五五億人に達し、内三〇億人が水不足に苦しむ。

二〇七〇年には、温度差は三度を超え、その影響は壊滅的なものになる。南極の氷塊は完全に消失し、シロクマやアザラシだけでなく狼や狐などが絶滅の危機に瀕する。水不足はさらに深刻化し、多数の地域が食糧生産に適さなくなり、経済力は急降下する。

地球各地には、すでにそのことを告げる「ツバメ」が、一羽ではなく群れなして押し寄せている。

「後《あと》の祭《まつ》り」

ああ、あなたのことを想っただけで気が狂いそうになるの。あなたがあたしにしたことの全てを思い起こすたびに、あなたを自分の身体に潰れるほど強く強く押しつけたいという燃えたぎるような欲望が身体の芯から湧き出てきて、その瞬間を想像するだけで抑えがたい満足感に浸るの。

そう、あれは静かな生暖かい夜だった。あなたが突然何の前触れもなく忍び寄ってきたとき、あたしは自分のベッドに横になっていた。あなたは、微塵《みじん》の恥じらいも見せずに自分の身体をあたしの身体に押しつけてきた。気だるくウトウトしていたあたしが無反応なのをいいことに、あなたはあたしの身体をねめ回し、一番恥ずかしい場所を嚙んだのね。そのままあたしは寝入ってしまったものだから、そのときは気付かなかったけれど、目が覚めてから、あなたの仕業に気付いて、夢中になって、そう、まるで熱病にかかったかのようにあなたの姿を探し求めたものだわ。

あなたは、あたしの身体と心に、あの夜あなたとあたしのあいだに起こったことの揺るぎない証を残していったのよ。どうしてくれるの⁉

今宵はあたしも早めにベッドに横たわって、あなたが再び訪れてくれるのを待つことにするわ。あなたが姿を見せたら、このあいだみたいに無視なんかしない。全身全霊のエネルギーを振り絞ってあなたを自分の身体に抱き締めて逃さない。

それは、あたしにとって、待ちに待った悦楽の瞬間。ああ、もう我慢できないの。あなたの身体の全てに触れたいの。あなたの身体の隅々までを、たとえ一平方ミリメートルの一〇〇分の一の面積さえ残さずにまるまる自分のものにしたいの。

あなたが悪いのよ。あたしの身体と心をここまで翻弄し、あたしの欲望に火を点けたのは、あなたなのよ。こうなったら、あなたの身体から赤い血潮が噴き出るまで、あたしの欲望は満たされないかもしれない。さもないと、あなたから自由になれないんですもの。覚悟してらっしゃい、この憎たらしいやぶ蚊!!

というわけで、大方の人々にとって、刺される前に気付いて、やぶ蚊を仕留められる幸運は、極めて稀。刺されてから気付いて地団駄を踏む、というのが通り相場なのだ。

こういうのを**後の祭り**という。時機を逸するとか手遅れの意もあるが、もとは**祭りが済んだ後の山車《だし》**の省略形で、適切なチャンスが過ぎてしまえば最早なんの役にも立たないものやことを指す。フルベ族には、**祭りのあとの足**という言い方があって、祭りのあとにのこのこでかけてくる間抜けさ加減を表している。英語にもそっくりな表現がある。A day after the fair＝祭りの翌日。The Day after Tomorrow は明後日というよりは、取り返しの付かない事件が起きてしまったその翌々日。映画のタイトルにもなった。一昨日《おととい》おいでという日本語の慣用句にも通じる。

類諺に後悔先に立たずとか、六日の菖蒲十日の菊などがあるが、後者は夏が過ぎてから森にエゾイチゴを採りに行く、というロシアの諺にソックリだ。森にはコンビニやデパートのように、いつでもイチゴがあるわけではないのだ。

泥縄＝盗人を見て縄をなうに相当する表現も世界各地にある。英語の、It is too late to lock the stable when the horse has been stolen＝馬が盗まれてから馬小屋に錠をおろしても遅すぎるは、中学英語でお馴染みだが、ネパールの家に火がついてから井戸を掘る、ヴォルガ河流域のフィン族の婚礼客が来たのにスープができていない、コミ族の出かけるときになってそりの修理、フィリピンの菅笠《すげがさ》をかぶったときには頭は濡れていたなど、いずこの人々も肝心なときに役立たない、間に合わない口惜しさを共有しているのだ。

フィリピンにはさらに、嵐の後に戸にかんぬきをするなとか嵐の後に家を補強するという諺があって、日本でも台風のたびに、屋根の修理をしていて飛ばされて落下して重傷を負ったり、命を落としたりする人が後を絶たない。

だからこそ、地球上どこの民族にも説教臭い戒めがあるのだろう。先に注意、後に仕事（バングラデシュ）、要するに、まず注意深く計画を立て、それから実行すれば失敗はないよ、という教訓で、It is too late to grieve when the chance is past＝好機が過ぎてから嘆いても遅すぎる（イギリス）というのに、人は遅すぎたころになって、ようやくことが分かる（ブラジル）／後悔は最後に来る（フィリピン）のだ。

チベットの諺が戒めるように、ラサの市場で損をして、チャンタン高原で後悔するのだ。僻地のチャンタン高原から地場の産物を抱えてラサという大都会へ商売にやってきた純朴な男が、抜け目のない都会人にまんまと騙されて大損をしてしまうのだが、そのことに気付くのは、やっと故郷のチャンタン高原に帰りついてからだったという物語に由来する。どうしてそんなとんまなことになるのか。おそらく一見派手な枝葉末節にとらわれすぎて、本当に重要な肝心要《かなめ》のことを見落としてしまうせいだ。頭をなくしてから髪の毛を惜しむな、重要なものを失い、取り返しのつかないことになってから、つまらないことを嘆いても意味がないとロシアの諺も警告している。

今日本は、隣接する国々全てと険悪な関係になってきている。実は、全ての国境を接する国々と未解決の領土問題を抱えているのだ。

領土問題は二一世紀には持ち越さずに解決し平和条約を締結するはずだったロシアとは、北方領土交渉がこじれて、この春来日して小泉首相と会談するはずだったプーチン大統領の来日は延期され、次にいつ会談がセットされるのかさえ決まっていない。

朝鮮民主主義人民共和国との平和条約締結交渉も、拉致被害者問題が解決しないために増幅している。

袋小路に突き当たり、国民のあいだにはイライラした気分とともに、敵意と憎悪ばかりが

「竹島の日」条例を制定した島根県議会の決議に反発して、韓国では反日気運が異常な盛り上がりを見せ、盧武鉉大統領は、それと呼応するように、日本の国連常任理事国入りに大反対運動を展開している。日本憎しも相まってか、北朝鮮とは急接近の模様だ。

中国、台湾とは、尖閣諸島の領有権をめぐって緊張関係にあり、ここへ来て、首相や閣僚の靖国参拝や歴史教科書の中の記述をめぐって、中国国民のあいだに日本に対する猛烈な反感、敵意が暴発し、日本大使館への投石、現地日系企業への襲撃や邦人への暴力と、どんどんエスカレートしてきている。

テレビ画面が伝えるデモ参加者たちの顔は、目が引きつり、言動は支離滅裂で、ひどく醜い。わたしなど、ああはなるまい、と思わず身を引いてしまうのだが、日本でも、周辺国の不穏な動きにいきり立ち、負けてなるものかとナショナリズムを煽《あお》るような言動を威勢良く吠えたてる政治家や評論家が脚光を浴びている。

「拉致問題で日本ナショナリズムという『パンドラの箱』が開いたのではないか。ナショナリズムの世界では、より過激な見解がより正しいことになる」

と、鈴木宗男事件に連座して告発された、外務省情報分析官の佐藤優は、面白すぎる近著『国家の罠　外務省のラスプーチンと呼ばれて』(新潮社) の中でいみじくも指摘して

いる。

ナショナリズムという流行病が、経済の停滞や社会の閉塞状況の中でこそ高揚しやすく、日本ナショナリズムが刺激されれば近隣諸国との領土交渉が一層困難になると危惧の念を表している。

たしかに、ロシアの言い分は理不尽だし、北朝鮮は滅茶苦茶な独裁国家だし、韓国や中国の要求は内政干渉だ。まったく日本を取り囲む国々はろくでもない変な国ばかりだ、と某知事が吠えたてるのも無理はない、と思いたくなる。

「しかし……」

と佐藤優は言う。

「マンションの住民Aが、右隣のBさんちは飼い犬のしつけがなってない。左隣のCさんちはゴミの出し方がいつも間違ってる。斜向《はすむ》かいのDさんちはピアノの音がうるさい。真上のEさんちの子どもは挨拶もろくにできないと言って、ことごとく周囲の隣人たちと険悪な関係になってるとしたら、おそらくAさんが隣人に恵まれていないのではなく、隣人たちにとってAさんが一番の変人であり、トラブルメーカーである可能性の方が高いのではないか」

「実は、共産化する前のチェコスロバキアの大統領で学者だったマサリクが、同じようなことを言っているのですよ。『隣国が変な国だ、と思っているときは、おおよそ自国が変な国になっている可能性の方が高い』ってね」

佐藤優によると、歴代日本の内閣も外務省も、表面的には対米従属を演じながらも、懸命に周辺国との関係を良好にしようと努めてきた。橋本、小渕、森各内閣によって営々と積み上げられ、築かれてきた良き関係が、極端な対米従属路線を最優先する小泉純一郎が首相になってからというもの、ことごとく壊れてきている、というのだ。それと並行して、外務省の中にあった三つの派閥、①対米関係を最重要視するアメリカンスクール、②急成長する中国はじめアジア諸国との関係を重視するチャイナスクール、③対米、対アジアだけでなく対ロシアその他との関係のバランスを図ろうとする地政学論の中の、②が田中真紀子の排除とともに勢いを削がれ、③が鈴木宗男の排除とともにパージされ、残ったのは①だけになった、というのだ。つまり、日本外交を根源的に転換するための生け贄《いにえ》の山羊として鈴木宗男事件は国策的に創られた、と。

そのように、日本の政治・外交を名実ともに対米一辺倒にしてしまった下地があったからこそ、憲法とイラク特措法を破ってまでも自衛隊のイラク派兵を強行することが可能になったとも言える。

しかし、どうしても解せないのは、対米従属路線を強化し、基本的な外交戦略はほとんどアメリカに決めてもらうという実質的なアメリカの属領になったにせよ、周辺国との関係は穏便良好な方がいいのではないか。なぜ明らかに反日感情を刺激するような言動をあからさまに続けるのか、である。

しかし、ここへ来て着々と改憲への準備が進みつつあることを目の当たりにして、周辺国との関係悪化のシナリオの狙いが読めてきた。日本は日本に対して敵意を抱く不気味な変な国に取り囲まれている、いつ何時日本が攻撃にさらされるやもしれない。急いで武装する必要がある。その障害となっている憲法の平和条項を速やかに撤廃すべきだ、という世論を日本に創り出したいのではないだろうか。

与党が準備している「憲法改正国民投票法案」の草案が今わたしの手元にある。文字通り背筋が寒くなる内容だ。

たとえば、三二条によると、内閣は少なくとも期日の二〇日前に国民投票の期日と憲法改正案を官報で告示しなくてはならないことになっている。国の根幹を決める憲法の内容を国民が十分に知り、考え抜き、論議する時間がわずか二〇日‼ なぜこんなに急ぐのか。

あるいは、五四条。憲法改正に対する賛成投票数が有効投票総数の二分の一を超える場合は、当該憲法改正について国民の承認があったものとする、とある。有効投票数が有権者の三〇%ならば、わずか一五%の賛成で憲法が変えられるということではないか。こういう重大な問題についての評決は、普通、有権者数の過半数だろう。

そして一番凄まじいのは、六八条。何人《なんぴと》も、国民投票に関し、その結果を予想する投票の経過又は結果を公表してはならない。七〇条の三。何人も、新聞又は雑誌に国民投票に関する報道及び評論を掲載し、又は掲載させることができない。第八五条。以上に違反した場合は二年以下の禁固又は三〇万円以下の罰金に処する、とある。投票内容について国民に議論したり考えたりすることを封殺する、北朝鮮も顔負けのやり方だ。なぜ、そこまで急ぐのか。

憲法の不戦条項があるからこそ、自衛隊の若者たちは、他国の軍隊のようにイラクでイラク人を殺さずにいることが出来る。小泉さんはじめ一部の政治家には、それが、不満で不満で仕方がないらしい。自衛隊を何としても、殺戮兵器を駆使する他国の軍隊並みにしたいらしい。そこには、実は双子の赤字を抱え、アメリカ離れが進む状況下苦しい台所事情にあるアメリカの意向もあるだろうし、武器貿易というより美味しい儲けに便乗したい日本の一部業界の意向もあるのだろう。それで、今でさえちっとも守っていない憲法を変えたいのだ。

でも、彼らが急いでいるからといって、隣の独裁国による日本人拉致や周辺国の反日デモに、わたしたちまで冷静さを失って選択を誤ってはならない。

さもないと、**葬礼すんで医者話**（アフガニスタン）／**After death the doctor＝死後に医者**（イギリス）／**今日死んで明日薬**（イラン）／**子牛が溺れたあとで井戸を埋める**（オランダ、ベルギー）なんてことになりかねないのだ。

「割《わ》れ鍋《なべ》に綴《と》じ蓋《ぶた》」

産院の待合室に男がいる。いやに落ち着きがない。貧乏揺すりをしながら座っていたかと思うと立ち上がり、檻《おり》の中のオランウータンよろしく狭い廊下を行きつ戻りつし、また腰掛け、そして、しばらくすると立ち上がって廊下をうろつくということを先ほどから何度も繰り返している。

男がイライラするのには理由がある。男にはすでに六人もの娘がいる。決して金銭的に余裕があるわけではないのに、子だくさんなのは、別に信仰上の理由から避妊をしていないからではない。息子が欲しくて欲しくて、男児を授かるまではと避妊をせずにきた。今度こそは待望の男の子であって欲しい。何度そう念じながらここで待機してきたことだろう。ところが過去六回も裏切られてきた。七度目の正直だ。今度こそ、神様は願いを叶えてくれてもいいのではないか。

ついに看護師が男の名を呼び、男はお産を終えた妻が横たわる部屋に通される。妻は眠っていて、看護師が白い布にくるまれた新生児を抱きかかえながら男に微笑みかける。

「おめでとうございます、お父さん‼　ほら、元気な赤ちゃんですよ」

「そそそれより早く見せてくださいよ、肝心なところを!」

察しのいい看護師は手際よく赤ちゃんをくるむ布を剝いでくれた。

「ああ……」

絶望的な悲鳴が男の口から漏れた。

「……なんで、なんでここにオチンチンが無いんだ!!」

ひとしきり男は愚痴り続け、看護師は赤ちゃんを再び布でくるみながら男の愚痴を聞き流していたが、男が押し黙ったところで、赤ちゃんのオチンチンがあるべき場所を指さしつつ慰めの言葉をかけてくれた。

「そんなにガッカリすることありませんよ、お父さん。オチンチンなんて、今はたしかに付いていないかもしれないけれど、あと二〇年もしないうちに、ここに出入りするようになりますからね」


というわけで、どんな壺も蓋を見つける。これはほとんどのヨーロッパ語に共通する諺で、誰にでも自分にピッタリの連れ合いがいるものだ、という意味で用いられていて、日本の割れ鍋に綴じ蓋に相当する。オランダやベルギーでは、どんな鍋にも、それに合う蓋があるという言い方をするし、ヴォルガ河沿いに住むフィン族は釣り合いのとれたものの組み合わせを桶とその蓋はよく合うと表現する。また、フィンランドには、どんな者でも似合いの相手は見つかるという意味の容器は蓋を選ぶという諺がある。

人間同士の相性を容器と蓋に喩える表現は、アフリカ諸国にもある。たとえばセネガルでは、それぞれの器にはそれぞれの蓋があるという言い方をする。どんな人にも相応しい相手があるという意味だ。

日本以外のアジア諸国にもある。たとえば、スリランカには、ジャーディヤの蓋という慣用句がある。これは、日本の合わぬ蓋あれば合う蓋ありに相当する。

容器と蓋以外の喩えもある。どんな男にも相応しい女はいるものだという意味で、英語には、Every Jack has his Jill＝どの太郎にも花子がいるという諺があるし、タイでは、カノムチーン（素麺に似た麺類）にはたれが似合うという言い方をする。

もちろん、いずれの表現も人間関係に限らず、人間とモノとの関係にも敷衍《ふえん》できるだろう。シンデレラとガラスの靴や、一寸法師と針の刀やお椀の舟の例を引くまでもなく、不動産を購入するときにも、服や靴を新調するときにも、われわれは自分との相性を吟味しながら選んでいる。

人類は、まだ猿に近かった原始時代から今日にいたるまでの気の遠くなるほど長いあいだに実に多数のモノを己の用途に応じて発明し生産してきた。他の野生動物たちに較べて足も遅く、触覚も視力も聴力も筋力も並以下で、飛ぶこともできず、瞬発力も跳躍力も持久力も無く、鋭い牙も爪も持ち合わせないひ弱な猿の一族が万物の霊長となりおおせたのは、まさに非力で多くの能力に欠けていたからこそで、割れ鍋に綴じ蓋よろしく、その欠けた不足部分を補うべく、様々な工夫を凝らして技術やモノを発明してきたのだ。今や無数の商品となったモノに取り囲まれてわれわれは生きている。

だから、商品経済の本場でもあるアメリカ合衆国で一九九四年以降、毎年、有意義なあるいは無用の発明品に関する世論調査 Invention Index が行われているのは、ある意味で当然かもしれない。この世論調査は、マサチューセッツ工科大学が発明家のジェローム&ドロシー・レメルソン夫妻と共同で行う発明促進プログラム (Lemelson - MIT Program) の一環として実施しているもので、調査と分析そのものは、民間の研究機関 Taylor Nelson Sofres が代行している。

一九九八年には、成人の回答者の五六%が、医学における最も先進的な発明品として抗生物質を挙げている。ところが、2003 Invention Index (二〇〇三年一月に発表された二〇〇二年一一月二〇日から三〇日にかけて無作為に選ばれた大人一〇四二人、子ども四〇〇人を対象に行われた調査の結果) では、生活上欠かすことのできない必須アイテムの発明品として筆頭に挙げられたのは、歯ブラシだった。具体的に調査結果の数字を見てみよう。

発明品	成人	子ども

歯ブラシ	四二%	三四%
自動車	三七%	三一%
コンピュータ	六%	一六%
携帯電話	六%	一〇%
電子レンジ	六%	七%

つまり、アメリカ人にとって歯ブラシは、自動車よりも、コンピュータよりも、携帯電話よりも、電子レンジよりも、無くてはならない必需品だということらしい。ここには最近益々増長するアメリカ人の清潔志向と「真っ白な歯」信仰があるのだろうが、質問の選択肢にも恣意的なものを感じる。自動車やコンピュータと並べるべきは、冷蔵庫や洗濯機や掃除機やテレビ等々だろうに。歯ブラシと並べるべきは、スプーンやマッチや櫛等々だろうに。でも、歯ブラシが挿入されたことで、真面目な世論調査に笑いが生まれ、話題を集めた。

ちなみに、世界で初めて歯を磨くためのブラシが作られたのは、五〇〇年以上も前の一四九八年、中国でのことだ。皇帝の歯を磨くために発案され、ブラシ部分は去勢豚の毛を用い、取っ手部分は去勢豚の骨を用いたらしい。

なお、前年に発表された 2002 Invention Index（調査そのものは、二〇〇一年一一月に実施）では、「二〇世紀の最も重要な発明品は何ですか？」という質問が設けられ、一五世紀の発明品である歯ブラシはリストに入らなかった。結果は左記の通り。

発明品	成人	子ども
ペースメーカー	三四％	二六％
コンピュータ	二六％	三二％
無線通信	一〇％	一八％
テレビ	一五％	一〇％
浄水装置	一一％	一〇％

アメリカの子どもたちは、テレビという発明をあまり評価しておらず、それに較べてコンピュータを重要視している。ところが、翌2003 Invention Indexの結果によると、先ほども見た通り、そのコンピュータよりも歯ブラシを高く評価しているということになる。

その翌年発表された2004 Invention Indexでは、「最も憎悪しながらも、それ無しには生きられない発明品は何か？」という質問が設定された（ったく、愛と憎悪の二者択一を巧みに避けた設問者の手練手管には脱帽するではないか）。結果は次の通り。

発明品	成人
携帯電話	三〇％
目覚まし時計	二五％
テレビ	二三％
電気剃刀《かみそり》	一四％
その他	八％

なんとおおよそ三人に一人が携帯電話が大嫌いと回答している。「その他」の八％には、電子レンジ、コーヒーメーカー、コンピュータ、留守番電話機能と掃除機が含まれる。携帯電話の便利さと必要性については、今さら論ずるまでもあるまい。その長所は誰もが認めることだろう。では、憎悪についてはどうか。これも極めて単純明快である。携帯電話の持ち主をイライラさせるのは、四六時中まるで奴隷のように電話回線に繋がれているという感覚だ。まるで鎖に繋がれっぱなしの犬みたいに。いつ鳴り出すか予測不可能な上に、では思い切って電源を切れるかというと、それも不安。一時的に切ったとしても、始終、通信記録を確かめなくては落ち着かない。それに、電車や劇場や映画館などで、あ

たり構わずに携帯が鳴り響くのも不愉快だし、あちこちで携帯でおしゃべりするのを聞かされるのは、うるさい上に目障りである。世の中に携帯が存在しなかった頃は、どれほど心安らかであったことか。なお、「クレジットカードは生活をより便利にしたか？」という質問に対して、成人の半数以上が、イエスと答えたのに対して、子どもたちの三二％が「便利にした」と答えたものの、二六％が「困難にした」、三九％が「便利にしたと同時に困難にした」と回答している。

どうやら、こういうタイプの世論調査は、アングロサクソンの好みらしく、イギリスのBBCラジオの人気番組〝You and Yours〟もさる五月三日に、「最良の、また最悪の、そして将来あなたが期待する発明品は何か？」という視聴者アンケートを実施している。まず、調査の第一部では、「一八〇〇年以降、今日までにこの世に現れた最も意味のある発明品は何か？」という質問が設定された。回答は、次のような分布を示した。

自転車	五九％
トランジスタラジオ	八％
電子レンジ	八％
コンピュータ	六％

細菌感染理論　五%
無線通信　五%
インターネット　四%
内燃動力機関　三%
核エネルギー　一%
通信衛星　一%

なんと回答者の半数以上が自転車を選んでいる。その理由として、シンプルな設計、普遍的な利用価値、環境に対する優しさなどを挙げている。ちなみに自転車が初めてこの世に現れたのは、一八一三年、発明者はドイツのドライス Karl von Drais（1785-1851）という説が有力だ。ちなみに、

「無かったことにしたい発明は何ですか？」

という質問では、最大二六%の回答を得たのが、遺伝子操作食品であり、第二位を占めたのは、核エネルギーだった。

アメリカ人の歯ブラシといい、イギリス人の自転車といい、次々に新しい商品が開発され怒濤《どとう》となって日々押し寄せてくる消費文明圏だからこそのシンプル志向ではないだろうか。日本で『清貧の思想』がベストセラーになったのも、バブル経済絶頂期であった。

おなかが一杯になれば心も一杯になるというベネズエラの諺や金貨銀貨を持っていれば、綺麗な心も持てるというギリシャの諺を思い起こさせる。生活に困ることがなくなってはじめて、人は心にゆとりが生まれるという意味で使われている。

類諺に衣食足りて礼節を知るがある。出典は、中国春秋時代の『管子《かんし》（牧民《ぼくみん》）』。原文は、「倉廩《そうりん》実《み》つれば則ち礼節を知る、衣食足れば、則ち栄辱《えいじょく》を知る」（＝米倉が一杯になっているほど民が豊かであれば、教育も行き届き、衣食について心配がなければ社会的貢献ができる）というもので、為政者の立場から民に支持される富国強兵策を説いている。

生活にゆとりが出てこそ、視野が広くなり目先の利益ばかりでなく、環境や人類の将来をも、現在の自分の消費を含めた行動を決めていくときの規準にする冷静な判断力が生まれるのかもしれない。

恒産無き者は恒心無し（定まった生業《なりわい》や定収入のない人は常に変らぬ道徳心を持つことができない。生活が安定していないと精神も安定しない）と、孟子先生も滕文公《とうぶんこう》にご進講申し上げている。

四月一日、終身雇用、年功賃金など、日本型雇用慣行を支持する人の割合が高まっていることが、独立行政法人労働政策研究・研修機構がまとめた「勤労生活に関する調査」によって、判明した。仕事観に関する問いで、終身雇用について「良い」または「どちらかといえば良い」と回答した人は七八％で、前回二〇〇一年調査（七六・二％）を上回った。

　また、四月一三日、厚生労働省が、フリーターを年間二〇万人常用雇用化する計画を発表した。自由化、規制緩和の名のもとに資本に都合の良い労働市場の流動化を図ってきた政府も、ついに、国民の貧困化が国と経済にもたらす計り知れないマイナスに気付き始めたのかもしれない。

「禍福《かふく》は糾《あざな》える縄《なわ》のごとし」


「暑いわねえ、最近。蒸し暑くて服なんて着てらんないわ」

「ああ、たしかにムシムシするなあ」

「家ん中にいるときは、いっそのこと素っ裸で過ごそうかなあ」

「おいおい、やめてくれよ」

「あら、家ん中だけよ」

「お願いだから、それだけはやめてくれ」

「……ふふふ、もしかして心配なの、あなた」

「当たり前じゃないか、この辺は建て込んでるんだぜ。前後左右のお隣さんたちから丸見えなんだよ、家ん中が」

「そうかしら」

「そうだよ。絶対にやめてくれよ……」

ここで、亭主はさらに、

「オレがお前に弱みか何か握られて結婚したと思われるじゃないか」

要するに、

「お前の裸体は人様に見せられるような代物ではない、みっともない裸体は晒さないで欲しい」

と続けたかったわけだが、家庭生活に波風を立てたくないので言葉を呑み込んだ。

それが良かったのか、どうか。

というのは、女房の方には無論そんな自覚は無く、むしろ、亭主が言いよどんだことで、自分の裸体にますます自信を持ってしまい、新聞に挟んであった、近くのキャバレーの、「素人ストリッパー募集、人妻歓迎!」というちらしに応募してしまったのだ。

それから二カ月後。仕事帰りに酒場に立ち寄った亭主は、飲み仲間の同僚から尋ねられた。

「どうしたの、山田さん、最近、やたら金回りがいいんじゃない」

「それがね、女房がこの夏、キャバレーでストリップやってしこたま稼いじゃってね。小遣いの額が増えちゃったのよ」

とご機嫌な亭主に対して、

「えーっ、例のあの奥さんだよね……」

「山田さん、まさか、再婚したってわけないよね」

と同僚たちは怪訝な面持ちを隠さない。

「いやあ、分かるよ分かるよ、君たちの気持ち。オレもね、女房は面接で即座にはねられるに違いないって踏んでたんだ。ところがね、採用されちゃったんだよ」

「怖いもの見たさっていうやつですね」

「オレも最初はそう思ったんだ。蓼《たで》食う虫も好きずきっていうか、醜悪なもの、グロテスクなものを好む人も世の中にはいるからさ」

「おや、そうじゃなかったの？」

「どうも違うんだ。マネージャーは頑強に反対したらしいんだけど、他のストリッパーたちが、ほら、ああいうところじゃ、彼女たちが一番発言権が強いでしょ」

「うんうん」

「そのストリッパーたちが、ぜひとも採用せよと応援してくれたみたいなんだ」

「へえーっ、親友でもいたの？」

「いや、オレの睨んだところ、女房と並ぶとどんな女もチョー美人でセクシーに見えちゃうからだと思うね」

「つまり、引き立て役ってわけね」

「そうそう。それで、最初はひと晩五〇〇〇円払ってもらってたんだ。ところが、そのうち、ひと晩二万円も稼ぐようになってね」

「へーっ、やっぱり蓼食う虫なんですかね？」

「いや」

「照明の具合がいいとか？」

「いや」

「同情を禁じ得なくておひねりが飛んでくるとか？」

「いや」

「いったい何でなんですかー⁉　じらさないで言って下さいよ」

「あのね、やっぱり女房の裸は客には不評でね。店が頼むから脱がないでくれって、二万円払ってくれるみたいなんだ」


というわけで、何が災いし、何が幸いするかは人間の浅知恵ではなかなか推し量れないもの。不幸を嘆いていると、それがいつのまにか幸福となり、幸福を喜んでいるとまたそれがいつのまにか災いに変わる。幸不幸は表裏一体、背中合わせ、コインの裏表。縄に縒《よ》られる藁《わら》のように、上になったかと思うと下になり、下になったかと思うと上になる。この世の幸不幸は、ちょうどより合わせた縄のようである。という意味で、禍福は糾《あざな》える縄のごとしという諺は生まれたのだろう。吉凶は糾える縄の如しとも、一生は糾える縄の如しとも言う。

この縄の喩えは絶妙で、心惹かれる物書きが多いようだ。

「定かに思ひ弁《わきまへ》ねども、禍福は糾る纏《なは》の如し。人の命は天に係れり」

と曲亭馬琴の『南総里見八犬伝』にもあるが、日本生まれの諺ではない。『水滸伝』や『西遊記』など、もっと古い中国の文献に頻繁に登場する。そして、どうやら、原典は、『史記』の「南越列伝」だから、紀元前二世紀から一世紀、まだ日本列島に棲息する人々は国家さえ持たなかった時代に、中国大陸の人々は、こんな繊細なことを考えていたのである。

面白いのは、一六世紀から一七世紀初めのイギリスで活躍したシェイクスピアが、戯曲『終わりよければ全てよし』のなかで、そっくりな表現を登場人物に言わせていることだ。

「人間の一生は善悪ないまぜの糸で織られている。美徳も罪に鞭打たれることがなければ慢心し、罪も美徳の優しい慰撫がなければ絶望するほかない」

と、これは武勲を立てたバートラムが女漁《あさ》りに夢中になり、貞淑な妻が巡礼先で亡くなった知らせを喜んでいる浅ましい様子を見た、フランス人貴族が、栄光に酔いしれているのも今の内で、帰国すれば恥辱が待ち受けているのに、と述べるくだりである。

曲亭馬琴は、よほどこの諺がお気に入りで、『南総里見八犬伝』の別なところで、

「いにしへの人いはずや、禍福は糾う縄の如し、人間万事往《ゆ》くとして塞翁が馬ならぬはなし」

と記して、われわれが高校の漢文で学ばされた、同じ趣旨の諺、人間万事塞翁が馬を引

いている。『淮南子』の人間訓《じんかんくん》に出てくる次の故事に基づく。有名すぎるが、一応おさらい。

昔、国境の塞《さい》近くに住む老人＝塞翁の馬が胡《こ》の国に逃げてしまった。周囲の同情を買ったが、老人は、「これは幸先いい」と取り合わない。果たして数ヵ月後、馬は胡の国の名馬を引き連れて戻ってきた。祝いに駆けつけた人々に老人は、「これは厄《わざわい》の兆しだ」と言う。はたして、二頭の間に名馬が生まれ、老人の子はその馬から落ちて骨折した。憐れむ人々に対して老人は、「幸運の兆し」だとうそぶく。はたして、胡との戦争になり、若者たちは十人中九人までが戦死したが、身障者となった息子は徴兵されずに生きながらえた。

この不幸の中に幸福の因子があり、幸福の中に不幸の因子がある、という真理には、世界中の人々が昔から気付いていたみたいで、類諺を探し始めるとキリがないぐらい次から次へと出てくる。

明けない夜はない・暮れない日はないという諺は、それこそ世界各地にあるし、ヨーロッパ各国語に伝わるどんな雨雲にも銀（または金）の裏地が付いているという表現は、飛行機に乗るたびに確認して嬉しくなる。

イギリス人は、**三月の風と四月の雨で五月の花が咲く**とか、**満ち潮には引き潮がつきもの**と言い、バングラデシュでは、**嵐の数ほど凪《なぎ》もある**と言い、ミャンマーでは、**水の流れの緩急はかわるがわる**という言い方をする。

アフガニスタンの家は焼けたが、壁は焼けて強くなったは、日本の雨降って地固まるを彷彿させるし、英語の Life has its ups and downs は、楽あれば苦あり、あるいは、人生には山あり谷ありに相通ずる。

賭け事では好運、色事では不運はいかにも遊び好きなフランス人らしい。ちなみに、占いで賭け事が吉と出るときは、たいがい他の運勢は凶だ。

喜びと悲しみ、吉と凶、運不運はいつもセットになっていると戒める諺もゴマンとある。

ロシア北辺のフィンランド近くに住むコミ族は、幸せと悲しみは同じ橇《そり》に乗ってくると言い、同じフィン・ウゴル語族のエストニアには、幸福と不幸は手をつないでいる、あるいは悪は善無しには成り立たないという諺があり、ドイツ人は幸運と不運は同じ棒の上をさまようという言い方をする。英語には、苦しみを伴わない楽しみはない、あるいは喜びと悲しみは隣同士という表現がある。

たしかに、ほっぺたがいくつあっても足りないほど美味しいトマトやアスパラガスを食べた瞬間は幸せの極みだけれど、他のトマトやアスパラガスに満足できなくなるという不幸も同時に背負うことになるのだ。

というわけで、中央アジアのタジキスタンでは、笑いの果ては涙と警告し、ラオスの人たちは失っても嘆くな、得ても笑うなと戒める。

わたしにも、二〇年間、ロシア語通訳としてしのいでいる間に導き出した、教訓というか、諺めいたものがいくつかある。左はそのひとつ。

おおよそ通訳を介して意思疎通をはかるような人々というのは、いわゆるエライ人々が多い。王侯貴族や大統領、閣僚や高官、世界的に有名な学者や天才的アーチスト等々、身辺警護や側近でなくてはおいそれと近づけない人々の間近に侍り、言葉を交わす機会に恵まれる。別にエライ人の通訳をしたからって、エラくなるわけ無いんだけど、好奇心というか、ミーハー心はおおいに満足させられる。

駆け出しの頃は、そういうチョーエライ人の通訳を仰せつかる度に、いちいち興奮したものだが、そのうち落ち着いて観察するようになった。そして、導き出した一般論らしきものなのである。といっても、ひどく月並みなものなのだが。

その一。本当に偉い（要するに、人々の尊敬と信望を集めるに相応しい業績を持つ）人というのは、こちらが拍子抜けするほど、威張らない。可愛らしいほど謙虚で、率直で、飾らない。つまり、いろいろ欠点はあるにせよ、基本的には高潔な人が多い。結果として、心から尊敬され、愛される。尊敬と愛は、当人をさらに優しく善良にする。

その二。本当は偉くないのに、一応エライという立場を占めている（その一の逆で、見るべき業績は無い）人というのは、辟易するほど威張りたがりが多い。いちいち相手を値踏みし、自分よりステータスが上か下かをバッカじゃないかというほど真剣に気にかけ、上に対しては己の人格を捨ててへりくだる分、下に対しては傍若無人に振る舞う。結果として、周囲からは心から軽蔑され、嫌われるものの、表面的には、腫れ物に触るように慇懃に遇される。それを敏感に察知するのか、当人は、さらに手を付けられなくなるほど居丈高になる。

というわけで、通訳者だけでなく、身の回りの世話をする随行者や、招待した組織の接待役も、その一タイプに出会えた幸運を神に感謝する分、その二のタイプに遭遇した不運を嘆いて悪魔を呪う。

そして、困ったことに、その二タイプは、実に頻繁に、その一とセットになって現れる。というのは、その一タイプの令夫人か令嬢というパターンが圧倒的に多いからだ。

たしか、直木賞作家のT氏が外務官僚時代の体験を記したエッセイだったと思う。T氏の赴任先の国を訪問したある大臣に随行し宿泊したホテルで、真夜中、大臣夫人から電話があった。困ったことになったから、すぐ部屋に来いと言われ、駆けつけてみると、大切な指輪をトイレに落としてしまったから取り出せと当然のように命ずる。それで、彼は、便器の中の大臣夫人のものらしき大便の中にはまった指輪を素手でとって差し上げたというのだ。

そこまでして差し上げる側も異常なのだが、それはさておき、この類の滅茶苦茶なほど理不尽な無理難題を押しつけてくるのは、決して大臣自身ではなく、大臣夫人なのだ。

虎よりも、**虎の威を借る狐**の方が、残酷なものである。

ここからわたしが導き出した諺は、悪魔は常に天使とセットでというもの。

そして、観察を続ける内に、虎の威を借る狐だけでは解釈できない面を発見した。

あれは、一種の分業なのではないか、と。

世間的に純情無垢、天衣無縫を演じることを求められる偉大な画家や作家や音楽家も霞だけを食べて生きていけるわけがなく、その生計を成り立たせるために遣《や》り手の奥さんとか、娘とか、マネージャーが汚れ役を演ずる、という。

「飼《か》い犬《いぬ》に手《て》を噛《か》まれる」

嵐の夜、貨物船が暗礁に激突して大破した。一夜明けて、事故現場からさほど遠くない無人島に三人の乗組員が流れ着いた。船長と操縦手、それに雑用係。失業して街をうろついていたのを、たまたまその港町に立ち寄った船長と操縦手が道を尋ね、その時の気働きの良さを買われて傭われた男である。

船の貨物や食料品の一部も同じ島に流れ着いたおかげで三人は何とか食いつないでいくことができた。最初のうちは生き延びるのに必死だったが、慣れてくると人間は贅沢なもので退屈に悩まされる。

島滞在も三週間ほどになるある昼下がり、退屈しのぎに船から流れ着いた貨物を整理していた三人は、年代ものらしい水差しを見付けた。雑用係がさっそく布きれで汚れを拭き取ると、ずいぶん黒ずんではいるが、どうやら銀製で、ところどころに赤や青の透明な石が埋め込んである。

「おいおい、これ宝石じゃないかい」

と操縦手がのぞき込む。

「銀食器の黒ずみは、これで磨くといいんだ」

と船長が歯磨き粉を持ってくる。

雑用係は、布きれに歯磨き粉を付けて水差しの表面を擦《こす》ってみる。たしかに黒ずみが取れて銀色の地肌が見えてきた。気を良くしてさらに磨いていて、水差しの口の部分が塞がっているのに気付いた。蓋をつまんで引っ張ってみたが、ピタッと張り付いていてビクともしない。

「どれどれ」

こうなると、船長も操縦手もうっちゃっとけない。ああだこうだ言いながら、代わり番こに挑戦するが、蓋は接着剤で固定されたかのように微動だにしない。しかし、開かなければ開かないほど開けたくなるのが人情というもの。とにかく三人とも暇を持てあましているのだ。結局、蓋のつまみのところに釣り糸を編んで作った紐を通し、船長と操縦手が水差しを抱え、力持ちの雑用係が紐を自分のウエストに縛り付けて引っ張ることにした。

「イチニイサン！」

かけ声とともに一目散で駆けだした雑用係は、紐がピーンと張りつめた直後に前のめりになって転び、水差しを抱えていた船長と操縦手は尻餅をついて後方にでんぐり返った。

蓋がついに外れたのだ。

水差しの中からは紫色の煙とともに凄まじい臭気が溢れ出して三人は咳き込みながらも

思わず鼻をつまみ目を瞑《つぶ》った。そして、目を開けたときには、信じられないような光景が飛び込んできたので、何度も何度も目をしばたたいた。子どもの頃に読んだアラビアンナイトの絵本に出てきそうな身なりをした、太めで不潔な感じの中年男が立っていたのだ。

「ありがとね」

ボソボソッと中年男は呟いた。

「あっ、オレ魔神。一三二七年間もこのケチな水差しに閉じ込められていたんだ。でも、あんたたちのおかげで、こうして自由の身になった。魔神の仁義に従えば、御礼に三つの願いを叶えてあげることになってんだけどさあ、あんたたち三人いるから、一人一つずつってことでいいね。じゃあ、順番に自分の願いを言ってってくれる？」

普段の交渉ごとではタフ・ネゴシエーターぶりを発揮する船長も、あまりに思いがけないことで、ただただ呆気にとられるばかり。いつのまにか願い事を口走っていた。

「卒倒しそうな美女を頼むよ。金髪でブルーの瞳をしたおっぱいがでかい女がいいな」

言い終わらないうちに、目の前に船長の想像した通りの、いや、それ以上の美女が艶やかに微笑みながら立っていた。それを横目にヨダレをたらしつつ操縦手が言った。

「あっ、僕には黒目黒髪のエキゾチックな美女をお願い。ケツはでかいのがいいなあ」

これも言い終わらないうちに、操縦手が希望した通りの、いや、それ以上の美女が立ち現れた。金髪美女に優るとも劣らない艶やかさである。

「さあ、どうしたの？　あんたには願いごとは無いわけ？　オレも暇ってわけじゃないからねえ、無いなら、これで失礼するよ」

二人の美女に見とれて我を忘れていた雑用係は、魔神の催促にハッと我に返って、大わらわで自分の希望をまくしたてた。

「船長と操縦手の二人をホモにしてくれると有り難いんだけどなあ」

言うまでもなく、願いはたちどころに叶えられたのだった。船長や操縦手の身になってみると、たまったものではない。こういうのを、飼い犬に手を嚙まれるというのだろう。困っているところを助けてあげたのだし、日頃とりわけ目をかけて可愛がってあげているのだから、ひとかたならぬ恩義を感じていて当然のはずの部下や目下の者から、思いがけず手痛い仕打ちにあったとか、害を加えられたとか、裏切られたとかいう意味で使われる諺だ。

もちろん、「助けてあげた」とか「目をかけてあげた」とか「可愛がってあげた」とかいうのは、あくまでも「嚙まれた」側の主観であって、「嚙んだ」側には、それ相応の言い分があるはずなのは言うまでもないが、とにかく、そういう思い込みは油断を生む。甥のブルータスにトドメの一撃を食わされたシーザーとか、明智光秀に本能寺で不意討ちされて果てた織田信長などは、そのせいで、手を嚙まれるどころか、命まで奪われてしまった。

日本生まれの諺らしく、今の形になるまでの系譜も文献的にたどることができる。初出は江戸初期の『毛吹草《けふきぐさ》』（一六四五年）や『世話類聚《せわるいじゅ》』に登場する飼ひ飼ふ虫に手を食はれる。次に『世話尽《せわづくし》』（一六五六年）に出てくる手飼ひの犬に手を食はれる（これは幕末諺集にも載っている）、浮世草子『東海道敵討《あだうち》』目録（一七〇二年）の手飼ひの犬に足を喰はるるや『和漢古諺《わかんこげん》』（一七〇六年）の飼犬に足を喰はるるのように、足に嚙みつかれるバージョン、そして浄瑠璃『椛狩剣本地《もみじがりつるぎのほんじ》』第三（一七〇九年）や浄瑠璃『傾城三度笠』巻下（一七一二年）の飼ひかふ犬に手を喰はる、浄瑠璃『平家女護島《にょごのしま》』第四（一七一九年）の飼ふ犬に手をくはるる、近松『本朝三国志』第一（一七一九年）の灰猫に手を喰われたを経て、浄瑠璃『津国夫婦池《つのくにめおといけ》』第三（一七二一年）の飼ひ犬に手を喰はれるという現在の形に落ち着く。

それにしても、目下の者に裏切られるのをことさら悔しく思う心情は日本人の民族的特徴なのではないかと思えるほど、この表現は頻繁に登場する。逆に目上にはやたら寛大で、裏切られてもあまり悔しく思わずに諦めるようである。

たとえば、今の郵政事業改革に国民が求めているのは、天下りや膨大な郵便貯金財源の無駄遣いと私物化を止めることであって、決して金融弱者を切り捨てることではない。ところが、小泉首相がこの国民の真っ当な願いを、「何が何でも民営化」というスローガンのもと巧みにすり替えて三〇〇兆円を超える郵便貯金財源を自由化することは、ブッシュが小泉に直談判してまで突きつけた内政干渉に屈してブッシュの背後に控えるアメリカ多国籍金融資本の一〇年来の要望に応じて、いわゆるハゲタカファンドの底なしの胃袋に日本国民の資産を供するものだし、政府の支援無しではやっていけない日本の無能な銀行資本を一時的に救済することにはなるだろうが、国民に対しては立派な裏切りなのだ。

なのに、国会解散後の各世論調査の結果を見る限り、またまた小泉の支持率は上がり、小泉の「手を噛んだ」造反議員への批判の方が厳しい。

類諺に**恩を仇で返す**というのがある。世話になった人、恩義のある相手に害を与えるという意味で、受けた恩には恩で報いるべきである、という本来あるべき人の道に反する最低の行為を指す。もっとも、好意でなされた恩が義理という強制力を持ち始めると、恩義を受けた側には鬱陶しくもなるし、重荷にもなる。そして、恩に報いることが当然と返礼を強要する権力者、強者の論理が横行し始めると、感謝の気持ちは雲散霧消する。

さて、この目下の者、目をかけてやった者の裏切りを悔しがる諺、日本だけでなく世界各地にも多い。カザフスタンには、**私が育て上げた子犬が私を咬む**という飼い犬……に瓜二つの諺があるし、朝鮮・韓国語では、心を許した者に裏切られてひどい目にあうことを**手馴れた斧に足の甲を切られる**と言う。

インドやパキスタンでは、**猫が飼い主にニャーオ**という表現で、油断していると可愛がっている相手、恩義を与えた相手から歯向かわれるよと警告する。インドにはまた、飼い犬が泥棒と組んだら、番は誰がするという諺があり、信頼しているものに裏切られて危険にさらされる恐怖を表現している。モンゴルでは、大事に育てた子どもが父母を悲しませるような悪事を働いたり、助けた人が裏切ったりしたときに、育てた二歳牛が車をこわすという言い方をする。コーカサスのアルメニアには、寒さにへばった蛇は最初にあったためてくれた人を咬むという諺があるし、中米のコスタリカでは、烏を飼うと目をつつかれるという言い方で、性悪者に下手に情けをかけるなと戒めている。シルクロードのウイグル族に伝わる古い諺では、奴隷は敵、犬は狼と言う。奴隷を信用しすぎると、増長した挙げ句、財産をかすめ取られるし、犬を自由にすると、オオカミの本性が出て大切な家畜を食べてしまうから用心せよというのだ。

ミャンマーでは、木陰にいて枝を折るという言い方で、ウズベキスタンでは、雌牛は誰が自分に優しいのか気づかないという言い方で、恩知らずを表現する。恩を仇で返すをアラビア語の古典では、ワニの報い方という短い成句で表し、チュニジアでは、貴奴のお袋の墓掘りを手伝いに行ってやったら、オレの鍬《くわ》を持ち逃げされたという物語風な諺で、ミャンマーでは、牢番を助けて牢屋に入れられるという皮肉で、コートジボワールでは、友人の目を覚ましてやると、彼は目脂《めやに》をあなたに見せるなんていうユーモアで表現する。指をやって腕を呑まれる（ネパール）／手をさしのべると、肘にまで飛びつく（アフリカのフルベ族）とかは、庇《ひさし》を貸して母屋を取られるにソックリだ。

以上いずれも欧米以外の地域の諺で、ヨーロッパ諸言語にはこのタイプの諺が見当たらない。その代わり、味方や友人を警戒せよ、と説く諺が異常に多い。上下関係よりも対等な人間関係の方をより重視しているようなのだ。馬鹿な味方は敵より怖いとロシアの諺にあるのは、その典型。そして、面白いことに、古来、敵よりも友人を警戒せよと説いた西欧の偉人は、ことのほか多いのだ。

「おお神よ、われを友人たちより解き放ちたまえ、敵の相手は自分一人で何とかなるから」

右は、一八世紀末に、ヴォルテールの言葉としてフランスで流布していた戒め。ところが、ヴォルテールの著作をしらみつぶしに調べた人の言うことを信じるならば、ヴォルテールはそんなことを著していないらしいし、ヴォルテールに関する同時代人たちの回想記類に目を通した専門家によると、そんなことを言った形跡も無いようである。そして、これは、将軍でもあったヴィラール公爵がルイ一四世に向かって言った言葉であるという説もある。もっとも、一八世紀より以前からイタリアの諺では、ほぼ同じようなことが言われている。聖書にもある。

「敵は遠ざけ、友には用心せよ」

古代ローマの修辞家クウィンチリアヌスは、その著『弁論術教程』に記している。

「私は敵よりも友から多くの害を受けた」

同じようなことを、古代ローマの詩人オビデウスも書き残している。そして、なんとアラブの『哲人たちによる説教集』の中にも、

「我は己を敵から守ることは出来ても、友から守ることは出来ない」

と記してあるではないか。

伝説によると、前四世紀、アンティゴノス朝マケドニアの始祖アンティゴノス一世は、神殿の神官に、神様に生け贄をたっぷり捧げるよう命じた際に、神様が、自分を友や味方からしっかり守ってくれるように、と言い添える。

「なぜ、そんなことを？　敵からの間違いでは？」

と聞き返す神官に、王は答えた。

「敵からは自力で己を守れるが、友となると、そうはいかぬ」

同時期、アレキサンドロス大王は、

「我を偽物の友人たちから守りたまえ、本物の敵からは自力で己を守りきる自信があるゆえに」

と言ったと伝えられている。

ポーランド王ヤン・ソベスキーのサーベルにも、

「不実な友らを警戒せよ、そして敵どもからは、吾輩が汝を守って進ぜよう」

と刻まれていたそうだ。

なぜ、こうも友を信頼するなと説く戒めが多いのだろう。いずれも、権力者や上昇志向の強い人々の言辞で、権力の座や第一人者の座が、決して居心地のいいものではないことを物語ってはいる。しかし逆にそれでも信頼できる友、頼れる味方を求めて止まない人間の業が見え隠れして切ない。

シラーは、一七世紀のドイツ三〇年戦争に取材した悲劇的な史劇『ワレンシュタインの死』（ボヘミアの王位を狙って皇帝を裏切り、スウェーデン側に寝返ろうとして結局殺されてしまう勇将ワレンシュタインについての物語なのだが）のなかで、

「私を滅ぼすのは、敵の憎悪ではなくて、友人たちの親切だ」

と主人公に言わせている。

「隣《となり》の花《はな》は赤《あか》い」

ある昼下がり、A夫人が自宅の居間で掃除機をかけていると、玄関の呼び鈴が鳴った。掃除機を止めて防犯カメラ越しに玄関ドア前に佇《たたず》む男をチェックする。人品骨柄卑しからぬ風貌、何かのセールスマンだろうか。

「どんなご用件でしょうか」

マイク越しに尋ねる。

「こんにちは、奥様。お忙しいところ、まことに失礼いたします。恐縮ですが、ちょっとした質問にお答えいただけないでしょうか」

慇懃に男は切り出した。丁寧な言葉遣いに気を良くして、A夫人は玄関ドアを開けた。

すると、男は間髪入れずに質問を浴びせてきた。

「奥様、アナルセックスについて、どう思われます？」

ビックリしたのと腹立たしいのとで、A夫人はドアをバタンと音立てて閉めた。その後、男はしつこく呼び鈴を鳴らし続けたが、A夫人は無視した。

翌日の昼下がり、またしても呼び鈴が鳴り、またしてもあの男が、マイク越しに尋ねる。

「奥様、まことに不躾な質問でご立腹のほどお察し申し上げます。しかし、ぜひともお答えいただきたいのです。シックスナインのポーズでセックスなさるのはお好きですか？」

「とっとと消え失せて下さいな‼　さもないと警察を呼びますよ」

A夫人が声を荒らげるとすごすごと引き下がっていったが、翌日の昼下がり、またしても玄関の呼び鈴が鳴った。そして、またしてもあの男の声がマイク越しに聞こえてくる。

「奥様、しつこくて本当にご免なさい。でも、どうしてもお答えいただかなくては困るんです。オルガスムスの最中に、淫らなののしり言葉を浴びるのはお好きですか？」

「いい加減アタマに来たわ。もーっ我慢できない。夫に言いつけてやるから。後でほえ面《づら》かくな、ってもんだわ」

そう口走ったA夫人はその晩、帰宅した夫のA氏にことの次第を訴えた。A氏は驚き呆れ、当然怒りもして、翌日は職場を休んでくだんの男と対決することにした。

「おい、こうしよう。オレは物陰に隠れているから、ヤツが来たら、なるべく気を引いて話を引き延ばしてくれ。録音して証拠固めしてから捕まえて、警察につき出してやろうじゃないか」

翌日も昼下がりになると、呼び鈴が鳴った。男の姿をカメラ越しに確認すると、A夫人は玄関ドアを開けた。

「いやあ、奥様、ありがとうございます。通い続けた甲斐があるというものです。ついについに今日は、お答えいただけるのですね⁉」

気をよくした男の言葉にA夫人は微笑みながら肯いた。

「では、質問いたします。オーラルセックスはお好きですか」

「ええ、かなり」

「では、アナルセックスの方は？」

「アナルも悪くないわね」

「シックスナインは？」

「大大大だーい好き」

「では、サドマゾごっこは？」

「ふふふふ、ほとんどビョーキってとこかしらね」

「でしたら、奥様、ぜひとも御主人にお伝え下さい」

男は、突然真顔になって訴えた。

「お手元に必要なモノを全て持ち合わせておられるのですから、わたくしの女房にまで手を出さないでいただきたい、とね」

男の憤りに道理はあるのだが、イタリアの諺が説くように、友人の女房のほうが美しく見えるもの、あるいは、カザフスタンの諺が諭すように、他人の奥さんは乙女にも見えるもの、あるいは、スウェーデンの諺が言うように、隣の奥さんは自分のより綺麗であり、ドイツ・東欧圏のユダヤ人が用いるイディッシュ語の諺が語るように、他人の妻は黄金の身体を持つのだ。

聖書にだって、ちゃんと記してある。

隣人の女の唇は蜜を滴らせ　その口は脂よりも滑らかなり　（箴言五章三）。

ところがこの文言には続きがある。

されどやがて苦ヨモギよりも苦くなり　両刃《もろは》の剣のように鋭くなる　（箴言五章四）。その足は死に下り、その歩みは黄泉《よみ》におもむく　（箴言五章五）。

と何やらひどく不吉な予言につながるのだ。そして、突然、水の話になる。

汝おのれの水溜より水を飲み、おのれの泉より湧きいずる水を飲め、汝の泉から流れ出る水を他に溢れしめ、汝の河の水を巷に流れしむべけんや。これをおのれに帰せしめ、他人をして汝とともにこれを与らしむことなかれ　（箴言五章一五〜一七）。

旧約聖書が生まれたイスラエルは砂漠地帯に隣接するから、水はこの上ない貴重品である。その貴重品を他人と分かち合うな、独り占めせよと戒めているのだ。共同体の中で生きる人間の道を説くにしては、ちょっとおかしいなと思いかけたところで、次に続くくだりを読んで納得した。

汝の泉の祝福を受けしめ、汝の若きときの妻を楽しめ。彼女は愛らしい牝鹿のごとく、麗しき鹿のごときその乳房をもて常に足れりとし、その愛をもて常に喜べ（箴言五章一八～一九）。

つまり、水とは「飲み水」のことではなく、「射精液」要するに、ザーメンを指していたのだ。そして、章末には説教が待ちかまえている。

わが子よ、いかなれば隣人の女を楽しみ、淫婦の胸を抱くのか（箴言五章二〇）。

つまり、聖書の昔から、妻だけでは満足できずに、妻ではない女に心惹かれ、夢中になる輩がいかに多かったかを証明しているとも言える。浮気封じのために、創意工夫を凝らして刺激をもたらそうと提唱するフィンランドの諺もある。

自分の女房も他人の干し草小屋ではうんとよく見える

そういえば、ヴィスコンティー監督の『イノセント』は、妻を蔑《ないがし》ろにして女遊びにうつつを抜かす男が、妻が他の男と寝ていると知ったとたんに妻に夢中になる話だったし、プーシキンの『エヴゲーニィ・オネーギン』の同名の主人公は、田舎貴族のうぶな令嬢タチヤーナが自分に寄せた恋文を無慈悲に退けながら、後にタチヤーナが都の某将軍に嫁いで人妻となるや、彼女に対する恋の虜になるのだった。

かの女たらしの鑑《かがみ》、ドン・ファンもモリエールの芝居の中で言っている。

恋愛の楽しみのすべては、浮気の中にあるのさドン・ファン型の男は、自分のものになったとたんに興味を失うタイプだから、まさにこの原理に従って行動しているのだ。

メキシコには、夫の浮気封じは妻の努めと戒める諺がある。

たしなみのある女は夫を他人の扉へは向かわせたりしないものだ

まるで夫の浮気は妻のせいみたいな口ぶりであるのが気にかかるが、以上は、いずれも男の立場から創られた慣用句だ。もちろん、逆もまた真なり。しかし、見渡せる限りの諺辞典や慣用句集をのぞいたところ、堂々とそれを語る諺は見つからなかった。ただし、一九三七年から二四年間もの長きにわたってスターリン時代の強制収容所をたらい回しにされたユダヤ系フランス人の元コミュニスト、ジャック・ロッシが著した『ラーゲリ註解事典』には、迫力のある諺が載っていた。

他人の掌中のチンボコは大きく見える

女そのもの、男そのものの魅力もさることながら、それが他人に帰属するがゆえにより魅力的に映るというわけだ。イギリスの諺も警告している。

間の垣根がいっそう恋を燃え立たせる

「垣根」とは物理的なバリアだけでなく、倫理的な障害もさす。禁じられているからこそ、それを破る楽しみ、障害を乗り越えて獲得する果実の甘みも増すというもの。**禁断の木の実が一番甘い**（オランダ）し、**盗んだ快楽ほど甘美なものはない**（スウェーデン）のである。

おそらく根底にあるのは、好奇心で、これが人類の進化を促進してきたと言えなくもな
い。ドイツの諺も説くように、好奇心は愛よりも強いのだ。
　というわけで、他人のものは、それだけの理由でよく見える、という真実は人類共通の
ようで、世界各地、各民族に同じような諺が伝わる。
　日本の代表格は、隣の花は赤い、あるいは隣の桜はよく見えるで、すべてのヨーロッパ
語に隣の薔薇は家のより赤い（赤く見える）、（フェンス越しの）隣の芝生は家のより青い
（青く見える）という類諺が伝わる。距離的には手が届きそうな位置にありながら、届か
ないからこそ、より美しく魅力的に見える。
　類諺は際限なくあって、人間の他人に対する嫉妬心、羨望の思いの普遍性を物語る。
　まず他人の果実を羨む。塀の向こうのリンゴが一番うまい（イギリス）／自分の土地に
なるのはつまらないイチゴ、他人の土地になるのはブルーベリー（フィンランド）／隣の
ブドウはわが家のブドウよりも甘いように思える（フランス）。
　次に隣の穀物の出来をやっかむ。隣人の土地には自分の土地よりもよい穀物ができる
（イラン）／他人の耕地にできるのは、どれも極上の小麦（ウクライナ）。
　そして、もちろん隣の家畜も自分の家のよりはずっとよく見える。隣の山羊はうちの山
羊より多く乳を出す（バスク）し、隣の雌牛はたくさん乳を出す（パキスタン）。他人のメ
ンドリは自分のガチョウよりも大きい（ブルガリア）し、隣のメンドリはわが家のよりも

たくさんタマゴを産む（スペイン）し、隣の牛は乳が大きい（イディッシュ）し、隣の鶏はうちの鶏より太っている（スペイン）ものなのだ。

あまりにもうらやみとやっかみが強いせいか、目までが曇ってしまうらしく、他人の鶏はガチョウに見える（ヴォルガ河流域のフィン族）し、隣の鶏はガチョウに見える（ウズベキスタン）し、他人のアヒルは七面鳥に見える（トルコ）し、隣の雌鶏は七面鳥のようだ（トルクメニスタン）し、隣の雌鶏は重いガチョウのようだ、卵を産むとどれもが頭ぐらい（タタール）に見えてしまうものなのだ。

そして、色気よりも食い気のわたしには、次の諺群の説く戒めに説得力を感じる。

他人の卵には黄味が二つある（カザフスタン）／隣のスープにはガチョウの脂が入っている（イラン）／他人の山羊の肉は自分のよりもおいしい（トルコ）／他人のパンはおいしい（ドイツ）／他人の手にあるパンはバターがついてて美味い（ブルガリア）／お隣のお鍋からは、うちのよりおいしそうな匂い（マルタ）／他人の手にするパンは大きい（スロヴェニア）、要するに、よその食べものが一番おいしい（ノルウェー）のだ。

実は、日本発の類諺には、他人の食べ物を羨むものが殊の外多い。

隣のじんだ味噌（じんだ味噌とは、糀と糠と塩を混ぜ合わせたものに酢や酒を加えて調理するもので、さほど美味しいものではないらしい。それが、よそのうちのじんだ味噌なら、美味しく見えるというのだ）、他人の飯は白い・隣の飯はうまい・隣のぼた餅は大きく見える・わが家の米の飯より隣の麦飯がうまい。

とにかく他人のものはよく見えてしまうのであるから仕方ない。人の持った花は美しい（日本）し、隣の家の太陽はよく照り輝く（イラン）し、他人はいつもお祝いをしていると考えてしまう（カフカース）。他人の庭では、糞でさえ黄金色に輝いて見える（ウクライナ）のだ。

他人との比較の中でしか己の幸福を見いだせない人間の業を哲人モンテスキューは、『わが随想録』の中で解説する。

もし人がただ幸福であることだけを望むとすれば、すぐになれるだろうに。しかし、人は他人よりも幸福になりたがるもので、それはたいてい困難である。われわれは他人が実際以上に幸福だと思うものだからだ。

それでも、身内よりは他人がよく、他人よりは外国がいい（バングラデシュ）と思い込むことはある。幸せも成功も常に、自分ではなく、他人に、自分の生きる場所ではなく、どこか余所《よそ》に求めてしまう心情は誰にでもあるのではないか。

『三人姉妹』という芝居の中で、閉塞感漂う地方都市の三人姉妹が、「モスクワへ、モスクワへ」と全ての不運、障害、悩みの種の解決を自分たちの街からの脱出と結びつけ、大都会モスクワでの新しい生活に夢と希望を託してしまう心の動きを描き出しながら、作者チェーホフは言外に、幸せは、どこか別の場所ではなく、ここに、あなたたちの依って立つここにしか無いのですよ、と言っている。メーテルリンクの『青い鳥』だって、結局幸せは、どこか遠い国ではなく、足下にあった。

「安物買《やすものが》いの銭失《ぜにうしな》い」

ある男、誰もが羨むような美人でセクシーな妻を娶ったばかりに、絶えず妻に浮気されているのではないか、という疑念に取り付かれるようになった。疑い出すと、次々と不審な点が出てくる。ベッドに自分が使っていない男物のオーデコロンの匂いがしみついているような気もするし、冷蔵庫の中の缶ビールの減り具合が早いような気がする。ある日、たまらなくなって、ゴミ箱を漁《あさ》ると、使い捨てられた避妊具が出てきた。それに、自分の吸わないタバコの吸い殻も。

「間違いない。妻には男がいる」

そう確信するものの、惚れた側の弱み。妻を問い詰めることはできない。だからといって、このことは無かったことにしてやり過ごす、というほどに肝が据わっているわけでもない。悶々としながら一週間を過ごした後、やはり事態を正確に把握しておこうと心に決めた。

そして、仕事から帰宅がてら、プラットホームから見えるビルの窓ガラスに張り巡らされていた「探偵事務所」の五文字に吸い寄せられるように立ち寄ったのだった。ひととおり男の事情を聴き終えると、探偵事務所の所長は言った。

「浮気調査ですね。ご主人が不在時の奥様のご様子を張り込んで監視することにいたしましょう。朝八時から夜の八時までの一二時間。ざっと、こんな感じになりますな」

その料金表を見て、男は腰を抜かした。

「エエーッ、たった一二時間で、僕の給料の八分の一も取られるんですか⁉」

「ご無理でしたら、このお話は無かったことにいたしましょう」

「いや、ちょっと待ってください、ちょっと……」

身もだえする男の心情に同情してか、所長は助け船を出してくれた。

「見習い中のガイジン探偵でもよろしかったら、格安料金になりますが……」

「といいますと？」

「おーい、マフムド」

所長の声に応えて彫りの深い浅黒い顔立ちの青年が部屋に入ってきた。

「ドーモ、ドーモ。マフムドデース」

「こちら、ネパールからやってきた、マフムドくん。現在、当事務所で見習い中なんです。彼なら、一二時間一万円。五日間で四万円にいたします」

「あっ、それでお願いします」

ということで、契約成立。一週間後、男は、探偵事務所から次のような報告と請求書を受け取った。

「ボクノサービス、ゼロエン。アンタ、ハラワナイ、イイネ。ホーコクスルヨ。アンタ、デルイエ。アルオトコ、クルイエ。アンタノオクサン、アケルトビラ。ボク、ミルフタリ。アルオトコ、アンタノオクサン、デルイエ。ボク、アトツケルフタリ。アルオトコ、アンタノオクサン、ノルデンシャ。ボク、アトツケルフタリ、ノルデンシャ。アルオトコ、アンタノオクサン、ハイルホテル。ボク、ノボルキ、ミルマド。アンタノオクサン、キススルアルオトコ。アルオトコ、キススルアンタノオクサン。アンタノオクサン、ヌガスアルオトコ。アルオトコ、ヌガスアンタノオクサン。アンタノオクサン、モテアソブアルオトコ。アルオトコ、モテアソブアンタノオクサン。ボク、モテアソブジブン。ボクノテ、ハナレルキ。ボク、オチルキ。ボク、ミルダメ。ホーコク、ミジカイ。ゴメンネ。アンタ、ハラワナイ、イイヨ」

右のような顚末は、安かろう悪かろうという諺にピッタリ当てはまるような気がする。値段が安いのだから、それ相応にきっと品質も悪いのだろう。値段が安い代わりに品質が悪くてもやむをえない、という意味合いがある。安土桃山時代の慣用句集『北条氏直《うじなお》時分《じぶん》諺留《ことわざとめ》』に、

「早かろう悪かろう、遅かろう良かろう、安かろう悪かろう、高かろう良かろう」

という表現があり、商品経済の発展とともに、商品の品質と値段とのバランスを推し量ろうとする慣用句が生まれるのは、当然ともいえる。江戸時代には、曲亭馬琴の『夢想《むそう》兵衛胡蝶《びょうえこちょう》物語』に、

「安からう又悪からうは、いはずとしれた一文をしみ、百損するも買人の好々《すきずき》」

と買い手の自己責任を戒める文面がある。

もちろん、類諺は、五大陸に跨る。

たとえば、英語には、Penny wise and pound foolish＝小銭に賢く、大金に愚かとか、Buy cheap and waste your money＝安物買いの銭失い・Cheap bargains are dear＝安い買い物は高くつくなど、なぜか、日本の諺にそっくりな表現が多い。

ケチな人はひとの倍失うと中央アジアはタジキスタンの諺はいう。物おしみをして結局無駄をするという意味のようだが、ケチだから、損失をひとよりも大きく感じてしまうという意味もある。

少なくとも、金は吝嗇《りんしょく》を終わらせないという南アフリカの諺は、それを物語る。ケチはいつまでもケチ。満足するということを知らないから、どんなに安くとも損だと思ってしまう。

持てば持つほどほしくなるとマダガスカルの諺にあるのもほぼ同じ意味。

ケチな親父に浪費家の息子とフランスの諺にある。一代目が爪に火を灯して蓄えた財産

を二代目、三代目が食い潰すということは、万国共通で、差引勘定ゼロの法則ということか。

スリランカでは安いものには穴があると言う。ある人が安い土鍋を買って、得したものと喜んで家へ帰って料理を作ろうとしたら、鍋の底に穴が開いていて使い物にならなかった、という逸話に基づく。

コーカサス地方のアルメニアでは、キュウリの値で買われたロバはいつか溺れてみつかるという。安く入手したものは、ぞんざいに扱われるものだから、早くダメになる、という意味だ。

買いはするが支払わない者は、買っているのではなく売っているのであると戒めるのは、さすが金融の国、スイスの諺。カードの普及とともにローン地獄に陥る者の増える昨今、身につまされる教訓ではある。

ヨーロッパ一の肉食国といわれるポーランドには、安い値段で犬の肉を食べているという慣用句がある。

スープに喩える諺も多い。

安物の魚からは薄いスープとバルト三国のエストニアの諺は言い、安い肉からはスープもできない、とクロアチアの諺は説く。粗悪な材料からは良いものは作れないというわけだ。

ところで、この原稿を書くために調べていて気付いたのだが、日本には、この手の諺がやたら多い。その代表格が、**安物買いの銭失い**。安物を買う人は銭を失うことになる。安い物はそれだけ粗悪で長持ちしないから、かえって高いものにつく、という意味。**安物は高物**とも言う。安物は直ぐに壊れたり、駄目になったりして、高く付くということ。**値切りて高買い**とか、**安物買いの銭乞食**とか。

一文惜しみの百知らずという諺も、このカテゴリーに分類される。わずかな銭を惜しんで、あとで大損をする愚を指している。**一文吝《おし》みの百失い・一文儲けの百失い・小銭を惜しんで大利を失う・小利を貪って大利を失う・一文拾いの百落とし・一瓦梁《いちがりょう》を惜しむによりて大廈《たいか》を摧《くだ》く**等々、際限ない。いずれも、ケチったゆえに損をする、という自己責任の原則を謳っている。

そういう慣用句に日頃親しんでいるせいなのか、高価なものは信用できる、という思い込みが、日本人には殊更強い気がしてならない。

逆もまた真なりというべきか、**良い肉からはおいしいスープ、良いミルクからはおいしいチーズ**とタジキスタンの諺も戒めはする。良いものからは結果的に良いものがとれるというわけだ。しかし、この諺では、値段には触れていない。高価なものが必ずしも良いものとは限らず、安価なものが必ずしも粗悪品とは限らない。いいもの、悪いものを見分ける目が必要なのはいうまでもない。

しかし、商品経済が異常に発達した日本では、消費者が商品の生産現場に居合わせる可能性はどんどん少なくなり、買い手が商品の品質を見極める手立てがブランドと価格以外に無いという場合が多い。高価な商品にめっぽう弱い性質は、付和雷同型の国民性と相まって、日本人の特性となったのかもしれない。

全く同じ化粧品でも、ベトナムでは価格を安くした方がよく売れ、日本では、高価な方が有り難みを感じるらしく売れ行きがよくなる、といみじくもフランスの多くの大手化粧品メーカーは、もう三〇年も前から分析していて、その分析に基づいて、価格戦略を決定している。

また、某有名高級食料品チェーン店Sは、当初、売れ残った商品を値下げしていたところ、売り上げが芳しくないので、値上げしたところ、またたくまに売り切れたという教訓から、「売れ残ったら値上げする」という方針を立てている。

世の中の詐欺事件のほとんどが、**安かろう悪かろう＝高かろう良かろう**という人々の常識というか錯覚に基づいて成り立っているともいえる。

名著『患者よ、がんと闘うな』の著者、近藤誠医師は、藁をもつかみたいガン患者の弱みにつけ込んで高価な健康食品を売りつけたり、怪しげな治療法をすすめる詐欺商法を見抜くコツは、「高すぎるものは怪しい」であると言う。不自然に高いものには、不自然な裏事情が潜んでいるに違いない、と。

つい最近、わたしもリンパ・マッサージなるものを受けにある施療院に出かけたところ、応対に出た女性にのっけから文字通り跪《ひざまず》かれて、嫌な予感がしたものだが、案の定、下手なマッサージ終了後、三万六千円という請求書を突きつけられた。まさに金で買ったお世辞は嘘に決まっているとハンガリーの諺を地でいくような展開。ごますりに金を出すのは馬鹿なのだ。

というわけで、最近ではわたしも、高かろう悪かろう・高物買いの銭失い・高物は安物という諺を世に広めたいと思うこととしきりだ。安かろう悪かろうと違って、ここには買い手の自己責任だけでは済まされない問題が潜んでいる。

まさに金は賢者の僕、愚者の主人とデンマークの諺が戒めるとおり、賢明な人は金の使い方を心得ていて上手に金を使うが、愚か者は金の奴隷に成り下がり、金に振り回され、金のために身を滅ぼすこともあるというわけ。

この伝で行くと、一〇兆円の国民負担で不良債権を整理した長銀を外資にわずか一〇億円で売って差し上げた実績を持つ小泉・竹中の外資大好き売国奴コンビは、決して賢者ではないようだし、郵貯簡保の三〇〇兆円を超える莫大な国民資産を民営化という名目で長銀と同じ運命に晒しているのは、愚者は学習しないことを物語る。そして、そんな政権を喜んで選択する国民を、愚の骨頂と呼んでもそしりは受けまい。

ところで、無駄遣いの最たるものに、宝石で身を飾るという習慣がある。最近の人工宝石造りの技術はどんどん精巧になってきて、偽物に騙されるのも、一概に素人だからというわけではない。専門家とて、一目見ただけで見破れるわけではなく、手に取り顕微鏡を通して我々の与《あずか》り知らぬ幾つかの方法でチェックしてようやく真贋を見極めるらしいのである。単に装飾品として身に付けているかぎり、本物かどうかなど誰にも見分けがつかないのだ。

では、我々は、どのように判断しているかというと、王侯貴族や世界的スター女優など、それなりの人が身に付けていると、

「ワーッすごい！　時価一億円ですって。さすが輝きが違うわ」

と感動し、逆に分不相応な人だと、

「フン、いかにもイミテーションて感じで安っぽいことこのうえないわね」

なんて毒づいたりしているのだ。実際には、前者は盗難防止用に偽物を身に着けている場合が圧倒的に多く、後者は精一杯気張って本物を購入したのかも知れないのに。

なぜ、一目見ただけでは真贋の見分けがつかない代物なのに、人々は本物を求めてやまないのか、というのが不思議である。機械の部品としてダイヤモンドの硬度がどうしても必要だというのならまだ分かる。ところが、たかだか身を飾るだけのことではないか。

どうせイミテーションを身に着けていても本物と思われるような恵まれた人々は、一生金庫にしまっておくだけの宝石をなぜ持ちたがるのだろうか。また、本物を身に着けても、

どうせイミテーションと思われるような人々に限って、なぜ三度の飯を我慢してでも本物を買おうなどとするのだろうか。

まあ、おかげで宝石商が儲かるだけでなく、詐欺師が活躍する機会が増え、多数の名作小説が生まれるのかも知れないが。

金持ちがヘビを食べると、病気を治療しているのだと人は言う。貧乏人がヘビを食べると、腹が減っているのだと人は言うとジプシーの諺にある。

「終《お》わりよければ全《すべ》てよし」

ある仲の良い夫婦がなかなか子どもに恵まれず、知りうる限りのあらゆる病院、治療院を訪ねたものの、成果はなかった。精密な検査を受けた限りでは、夫側にも妻側にも器質的な欠陥は見当たらず、極めて正常という診断を受け取っていた。だからこそ二人はどうしても諦めきれずにいた。

それで、夫婦ともども病理的には何ら問題をかかえていないと分かっていながらも、評判の高い性病理学の専門医Aを訪ねた。これでうまくいかないのならば、精子バンクに頼るか、代理出産に挑むか、という覚悟で、A医師の門を叩いたのである。

A医師はまず注意深く夫婦生活について問診した。夫と妻からそれぞれ別々に微に入り細をうがって話を聞き出した。その上で、A医師は、夫だけを診察室に呼び出して、次のようにアドバイスした。

「どんな方法でも構わないから、奥さんが一番予想していない瞬間を狙ってセックスを仕掛けてごらんなさい。その方が受胎が起こる可能性が高いはず」

四カ月ほど経った頃、例の夫婦が幸せの絶頂という顔で再びA医師の診察室を訪ねてきた。

「感謝感激です。先生のアドバイス通りにいたしましたら、ちゃんと妊娠できました。今三ヵ月で、とても順調なんです。本当にありがとうございました」

A医師は夫婦を心から祝福した上で、夫だけ診察室に残るよう頼んだ。妻が診察室を出て行ったところで、好奇心満々なのを隠しもせずに尋ねた。

「それで、どんな風に奥さんを犯したんだね？」

「それほど奇想天外な方法ではありませんよ。女房が冷蔵庫の扉を開けて何かを一生懸命探してたんです。それで、僕は気付かれぬよう背後から忍び寄ってスカートをめくったんです……」

「……うーむ、なるほど。そりゃあ奥さんもいきなりでビックリされたことでしょうなあ」

「いやあ、後で聞いたら、女房は、それほどでもなかったみたいです。それよりも文字通り泡食ってたのは、スーパーマーケットの店員やお客さんたちで、あやうく警察に通報されそうになりましたし……」

まあ、最後がめでたく締めくくられさえすれば、途中の艱難辛苦も失敗も恥も外聞も全てよき思い出となる。苦労話として後でおおいに笑えるもの。**終わりよければ全てよし**という諺は、そういう意味合いで使われることが多い。

一年の計は元旦にありというべき新年号にふさわしくない、というか正反対の諺で申し訳ないが、終わりよければ全てよしと捉える人間の思考習慣は実に根強く普遍的なものである。

その証拠に多くの物語はハッピーエンドとなるべく創られる。冒頭の話について言えば、妊娠したからといって無事出産できるとは限らず、無事出産したとして無事に育つとは限らず、無事に成人したとしても真っ当な人間になるとは限らないのだが、とにかく登場人物たちの願いが叶って幸せな気分でいるところで話は完結するようになっている。ハッピーエンドは二〇世紀半ばぐらいまでハリウッド映画が好んだ常套的ドラマトゥルギーで、それゆえに短期間で人々の心を支配し得たのだろう。

王書『シャー・ナーメ』は終わりが楽しいとイランの諺は説く。一〇～一一世紀の大詩人フィルドスィーが三〇年以上の歳月をかけて完成した王書『シャー・ナーメ』は約六万の対句から成るまさにハッピーエンドの大民族叙事詩で、諺の意味は、終わりよければ全てよしである。この諺には、もう一つ、最後に勝つのが本当の勝者という意味もある。

終わりよければ全てよしはシェイクスピアが一六〇三年に書き上げた戯曲のタイトル"All's Well That Ends Well"（実際に物語そのものもどんでん返しの末のハッピーエンド）に用いたほどに、一六～一七世紀当時のイギリスばかりでなくヨーロッパの各言語（たとえば、イタリア語には、終わりよきものは全てよしという諺がある）で人口に膾炙していた成句であり、すでに明治時代に坪内逍遥が、これを「末よければ総てよし」と訳しているのだが、実際に日本にこの諺が定着したのは、第二次大戦後というから、わずか六〇年ほどのこと。

もっとも、細工は流々仕上げをご覧じろ（略して、細工は流々）＝細かな工夫や流儀はさまざまだけれども、大切なのは仕上がりだから、批評したり文句を付けたりするのは、その仕上がりを見てからにして欲しいという表現は、すでに安土桃山時代の諺集『北条氏直時分諺留』に見られ、仕事は仕舞いが肝心という諺とともに江戸時代に盛んに用いられたようだし、終わりが仕事を飾る（セルビア）とか、終わり方が仕事の頂点を彩る（コーカサスのグルジア）とか、The end crowns the work＝締めくくりが仕事に王冠を与える（イギリス）とか、The end crowns all＝終わり方がすべてを飾る（イギリス）などなど最後の仕上げの大切さを説く諺は多い。最後がよければ、それまでの失敗を全て帳消しにしてしまえる場合が多いのに対して、最初も途中も絶好調で非の打ち所が無かったというのに、最後の一歩で蹴躓《けつまず》いてそれまでの苦労と努力を台無しにしてしまうという苦い経験は誰もが味わったことがあるだろう。九仞《きゅうじん》の功を一簣《いっき》に虧《か》くは、まさにそれを言い表す諺。中国の『書経』を原典とする成句で、土を盛って九仞（＝一・六メートル×九）もの高さの山を順調に築いてきたというのに、最後の一簣（モッコに盛られた一杯分）が足らなくて山が完成しなかったという故事に由来する。

同じような真実を、マルタの諺では、最後の一滴で壺溢れと言い、エジプトの諺では、最後の麦藁一しべでラクダの背骨を折りと言い、ソマリアの諺では、余生があれば、恥とは縁が切れないと言い表す。保ってきた名誉や信用を死の寸前で失うことだってあるというわけだ。晩節を汚す（日本）などという特別な表現が生まれるのは、そのためだろう。

ホラチウスは、『書簡集』の中で、始めよければ終わりよしと著しているし、万事、始めが困難（中国の俗諺）とか、何事も始めが大事（タタール）とか、よき始まりは事の半分＝物事は始めをしっかりやり遂げれば、半分やり遂げたのも同じ（カザフスタン）とか、巧く始めたのは、半分できたと同じ（南アフリカ）とか、始めてしまえばできたも同じ＝何事も着手するまでが一苦労なので、ひとたび取りかかりさえすれば、あとは楽にはかどるものである（バスク）とか、まず始めなければ完成しない（イタリア）とか、蒔かぬ種は生えない（ウクライナ）とか、始めよければ終わりよし（日本）とか、一年の計は元旦にありなどなど、物事は始めが肝心で、始め方次第でその後の展開も終わり方までも左右されるとする、始めを重視する諺がゴマンとあるものの、どちらかといえば、何かを始めるときの心構えのようなもので、始めたことを首尾よく終える難しさを訴える慣用句の方に、より人生の真実があるような気がする。

始めの勝ちは糞勝ち（日本）であり、最初に勝つと最後に負ける（イギリス）のである。

中国最古の詩集『詩経』には、初《はじ》め有《あ》らざること靡《な》し、克《よ》く終《お》わり有《あ》ること鮮《すく》なしとあり、初めは慎重にうまくやってゆくものだが、最後まで全うできる者は少ない、何事につけ終わりまで首尾よく全うし、**有終の美を飾る**ことは難しいと説いている。

前漢時代に記されたらしい『戦国策』には、**始めは易《やす》く、終わりは難《かた》し**＝始めは簡単だが、終わりは難しいとか、**善《よ》く作《おこ》す者は、必ずしも善く成さず。始めを善くする者は、必ずしも終わりを善くせず**＝順調に仕事を始めたからといって必ずしも成功するわけではないし、始めがうまくいったからといって、必ずしも終わりがうまくいくものでもないとか、身も蓋もない単刀直入な表現によって首尾よく最後まで仕事を運ぶことの難しさを説く戒めに満ちている。

中には、**狐その尾を濡らす**＝まだ力の弱い小狐が水を渡るとき、最初は尾を濡らさないように上げているが、終わりには疲れて尾を下げて濡らしてしまう、という詩的なたとえによって、始めは容易でも終わりが困難であることを諭している。これは、初めは懸命に物事に取り組むものだが、最後に油断をして失敗することのたとえにも用いられている。

また三国時代の魏の阮籍《げんせき》『詠懐詩』には、**人誰《ひとたれ》か始めを善くせざらん、能《よ》く厥《そ》の終わりを剋《よ》くするもの尠《すく》なし**＝人はだれしも事の始めはうまく運ぶが、最後まで耐えてなし遂げるものはまれであるとあり、最後まで立派にやり遂げることの困難を強調している。

要するに**竜頭蛇尾**（中国・宋代）。頭は龍のように立派なのに、尻尾は蛇のように貧弱。

最初は勢いがよいのに終わりの方はさっぱり駄目になることが多いのだ。頭でっかち尻すぼみ（日本）。ラオスでは、これを象の頭にネズミの尻尾と言う。初めは象の頭のように大きくて豪快なことが終わりはネズミの尻尾のように小さくおそまつな様子を指す。

だからこそ、有終の美＝最後までやり通し立派な成果をあげることはかくも尊いのである。

一八世紀に活躍したフランスの寓話作家ジャン・ピエール・フロリアンは、『二人の百姓と黒雲』の中で、〝Rira bien qui rira le dernier〟＝最後に笑うものがよく笑うと記している。以後またたくまにこの表現は諺となって、各ヨーロッパの言語に入り込み、さまざまなバリエーションを生んでいる。最後に笑う者が一番よく笑う（イギリス）とか、最後に笑う者の笑いが一番良い（オランダ）とか、最後に笑う者が一番長く笑う（スペイン）等々である。

この場合の笑いは、まず何よりも勝者の笑いをさす。スポーツ観戦しているとよく分かる。途中でどれほど優勢であろうと、勝ちが決まるのは最後だからぬか喜びしてはならない。トーナメント戦では、文字通り最後の勝者が最高の勝者であるし、リーグ戦でも勝者が決定するのは、最終段階である。

人生においてだってそうだ。

『ぼくたち、Hを勉強しています』（朝日新聞社）なる本の中で、モテるとはどういうことか、という人生の一大事をテーマに語り合う鹿島茂と井上章一が、「老人ホームで一番モテないのは、元大学教授と元社長」という真実を教えてくれている。「大学教授」や「社長」といえば、今流行の言葉で範疇分けするならば、人生の「勝ち組」に分類されるはずだが、人生の最終レースである老年期においては、どうやら「負け組」みたいなのである。

どんなに幸せな幼年期、充実した青年期、功成り名を遂げた中年期を満喫できたとしても、人生最期の老年期が味気なく寂しく惨めな屈辱的なものであったなら、それは、その人にとって決して幸せな人生とは言い難いのではないか。

逆に、どんなに不幸せな幼年期、挫折と失望だらけの青年期、不遇な中年期を生きてきたとしても、人生最期の老年期が楽しく充実していて笑いに満ちたものであるならば、その人にとって満足な幸せな人生となるのではないだろうか。

だからこそ、なるべく幸せで安心な老後を制度的資金的に保障することは、政府が国民を幸せにする最良かつ確実な方法なのだ。

ところが、ここのところ、アメリカという名の勝者の忠実なる飼い犬役を嬉々として演じ、アメリカ系金融外資と財務省＝銀行の使い走りを健気に演じている小泉&竹中売国奴コンビは、首尾一貫して銀行業界には公的資金を惜しみなく提供し続けてきたし、郵政の潤沢な資金を外資と銀行業界に売り渡しつつある。こうして郵便貯金という庶民の確実な貯蓄手段は奪われ、国民を多国籍保険会社の餌食にすべく健康保険制度と年金制度は壊滅させられてしまった。このままいくと、圧倒的多数の日本人の老後は惨憺《さんたん》たるものである。

経済学者の金子勝が、四五年後、二一世紀半ばの日本の姿を占うために、現実の統計グラフを使って、その平均的傾向をそのまま延長してみるとどうなるか、というシミュレーションを行った、『2050年のわたしから　本当にリアルな日本の未来』（講談社）によると、少子化傾向は歯止めが効かず、人口は三〇〇〇万ほど減少し、国民年金納付率0%、投票率0%、大卒就職率0%、農家戸数はゼロ、商店街は消失、労働組合も無くなり、正社員の雇用率は減り続けてフリーターばかりになり、山林は荒れ放題で熊がエサを求めて街中を徘徊する……「不思議なことに、高齢化のピークとされる二〇五〇年に何もかもゼロになるのです。この不気味な一致」と予測している。もっとも、国力が衰弱していくのは、悪いことばかりとは限らず、「憲法が変わって集団自衛権が入り、戦争できる国になったけれど、実際のところいまの日本に戦争をする力はない。一度は核兵器を持ったけれど、結局、維持管理する費用が高すぎて、こっそり第三国に売ってしまった」というどんでん返しになりそうである。何事も最後まで分からないものだ。

小説だって、たしかに最初が肝心で、始めの十頁までで読者の心を摑まないと、最後まで読んでもらえる可能性は低いが、最後の終わり方が尻切れトンボでは、読者に満足感を与えられはしない。丸谷才一は、「日本の小説は終わり方が下手だ」と指摘しているが、純文学作品には、それが顕著である。

と他人事のように言い放ってしまったが、当連載も今回が最後。有終の美を飾ることはできなかったが、当連載が終了することは、当誌にとっては幸せなことである。少なくとも、いつもギリギリまで原稿を待たされた上で満身創痍にしたゲラを突き返される担当編集者にとっては、まぎれもなくそうに違いない。

[主な参考文献]

森住 卓 著『イラク 湾岸戦争の子どもたち 劣化ウラン弾は何をもたらしたか』(高文研)
『世界ことわざ大事典』(大修館書店)
『フランス名句辞典』(大修館書店)
マイケル・ムーア 著『アホでマヌケなアメリカ白人』(柏書房)
フガフガ・ラボ 編『ブッシュ妄言録』(ぺんぎん書房)
田中 宇 著『仕組まれた9・11 アメリカは戦争を欲していた』(PHP研究所)
ジョエル・アンドレアス 著『戦争中毒』(合同出版)
ヘラルド・トリビューン紙(二〇〇四年八月九日付け)
N・クリストフ 著『処女か葡萄か コーランの見直し』
インデペンデント紙(二〇〇五年二月三日付け)
臼田甚五郎 監修『ことわざ辞典』(日東書院)
時田昌瑞 著『岩波ことわざ辞典』(岩波書店)
『日本名言名句の辞典』(小学館)
『中国名言名句の辞典』(小学館)
安藤邦男 著『英語コトワザ教訓事典』(中日出版社)
鈴木一雄・外山滋比古 編『日本名句辞典』(大修館書店)
外山滋比古他 編『英語名句事典』(大修館書店)
井波律子 著『三国志名言集』(岩波書店)

『世界名言集』（岩波書店）
伊藤太吾 著『ロマンス語ことわざ辞典』（大学書林）
ジェローム・デュアメル 著『世界毒舌大辞典』（大修館書店）
A・ビアス 著『悪魔の辞典』（角川文庫）
別役 実著『ことわざ悪魔の辞典』（ちくま文庫）
Н. С. Ашукин, М. Г. Ашукина Крылатые слова.《Художественная литература》
Русские пословицы, поговорки и крылатые выражения.《Русский язык》

解説

酒井啓子

私が米原万里さんに初めてお目にかかったのは、実は米原さんがお亡くなりになるわずか三年ほど前のことである。世界がイラク戦争に突き進むなか、日本ペンクラブで中東情勢についてお話しさせていただく機会があり、そこで私を呼んでくださったのが米原さんだった。

なぜ？　と思われる方は、この本をお読みいただければ理由はすぐわかる。当時私は、中東政治研究者として、イラクへの攻撃を着々と準備するアメリカのブッシュ政権や、それに追随する日本の小泉政権の、戦争を正当化する論理がいかに荒唐無稽で、いかに大きな弊害を国際社会にもたらすかを、論じていた。米原さんにしてみれば、アメリカや日本をずけずけ批判するこの小娘を（米原さんから見れば、ですが）、面白いじゃないの、よっしゃ呼んで話させてみよう、といったところだったに違いない。

私にしてみれば、お呼びくださったのが米原さんだとわかった段階で、うっひゃあ、である。お目にかかる機会があるなどと思ってもみなかった頃から、大ファンだった。軽妙かつ舌鋒鋭い数々のエッセイにはまったのは言うまでもないが、中東という非先進国に暮らし、その地域の人々と付き合う私にとって、『嘘つきアーニャの真っ赤な真実』は、実に身につまされることの多い本だった。

政変、内戦、それまで信じていたイデオロギーがガラガラと崩れていくこと……。そんななかで、故郷から逃げ出す者も、新生活をエンジョイする者も、過去を懐かしむ者も、過去を否定する者もある。それは米原さんにとっての東欧も、私にとっての中東も、同じく経験してきたことだ。米原さんは、かつて親しく少女時代を暮した東欧の友人たちのその後の運命を、美化することも軽蔑することもなく、実に生き生きと、他人事にしないで描き切った。

すごいなあ、世界の違う場所に住む、日本では考えられないほどドラマチックな経験をしてきた人たちのことを、こんなにも普通に、等身大に書けるなんて。米原さんの東欧に負けず劣らず動乱の中東の人々の姿を、どう日本の読者に伝えるか、四苦八苦していた(今でも)私にとって、米原さんの自然な国際人ぶりは、感嘆を通り越して痛快そのものだった。ああ、ここに日本人という窮屈な服に収まらない自由な人がいる!

出会えたことにはしゃいで、次に私がとった行動は、米原さんにお菓子を送りつけることだった。『旅行者の朝食』という本で、米原さんは、ハルヴァというお菓子を大絶賛している。チェコで、ソ連からきた友人からもらった「トルコ蜜飴」、ハルヴァの味が忘れられなくて、あちこちで探し回っている、というくだりを読み、こりゃ私の出番でしょう、と思ってしまった。ハルヴァがハルワというアラビア語の「甘菓子」を意味する言葉から来ていることは明らかで、中東各地では練りゴマと蜂蜜を固めたもの（たいていピスタチオがふんだんに入っている）が広く食べられている。

よっしゃ、探しているなら差し上げましょうと、突然米原さんにエジプトで購入した安物のハルワを送りつけた。米原さんの返事に曰く、「遠い遠い親戚、ってとこかな」。

食べ物ひとつから世界を巡ってしまう想像力、どんな深刻なことでも軽口で笑いを効かせずにはいられない話術。私が米原さんに親近感を抱くのは、そんなところだ。ソ連・東欧圏では政府批判が禁止されている分、小噺文化が発達したが、私がフィールドとする中東も、同様である。その世界を駆け巡る豊富な知識と軽口、そして容赦ない政治批判が、本書に凝縮されているのだ。面白くないはずはない。

本書に収められている連載が始まったのは、まさにアメリカがアフガニスタンとイラクを攻撃し、日本が自衛隊をイラクに派遣し、日本人五人がイラクで拉致されるという事件が発生した時期である。イラク戦争なんて大義がないじゃないか、アメリカは戦争で一儲けしたいだけじゃないか、小泉もブレアも、ブッシュにくっついていくポチじゃないか、なし崩しに自衛隊を派遣して、日本は戦争をする国に成り下がってしまうのか……。日本と世界の岐路ともいうべき二〇〇〇年代半ばの国内外の大事件を、バッサバッサと斬っていく。そして、政治批評としても一流の鋭さが、「シモネッタ」小噺を枕に展開されるところが、米原さんらしいところだ。

そして、なによりも世界中の似たような諺を集めて紹介する、博覧強記。超一流の通訳・翻訳者としての米原さんのすごさは、言葉の意味を伝えるだけではなく、諺という人々の生活、社会の特徴を凝縮した表現のなかに、話す言語は違えども人間の感性、常識はたいして変わらない、という共通点を見出すところにある。肌の色が違うから、宗教が違うからといって、外国人を蔑視したり、難民の受け入れを拒絶したりするいまどきの各国の政治家の狭量さとは、正反対だ。

さて、本書が書かれたのは今から一〇年近く前になるが、米原さんが厳しく批判する政治状況は、驚くほど変わっていない。それればかりか、米原さんが警鐘を鳴らした方向に、どんどん進んでいる。イラク戦争の理不尽は、それに反発してますます欧米への不満を募らせる若者を生み、それが「イスラーム国」(IS)に発展してしまった。肝心のイラクは戦後よくなるどころか内戦状態が続き、シリアにも波及してヨーロッパに未曽有の数の難民が押し寄せている。プーチンが独立運動を弾圧するチェチェンからは、アメリカに渡った若者がボストン・マラソンをターゲットに、爆破事件を起こした。

ブッシュ大統領が始めて小泉首相が支持した「テロに対する戦い」は、テロを根絶できないばかりか、テロの度合いと範囲はますます増えている。二〇一四年のISの出現、二〇一五年のパリ、二〇一六年のベルギーでのテロ事件は、イラク戦争がなければ起きなかった。そして自衛隊を海外派遣した日本は、二〇一五年、安保法制を可決して、戦争ができる国を目指して着々と進んでいる。

米原さんがここにおられたら、今の事態を諺でなんと言うだろうか。アメリカけしからん、と抵抗する人々のしぶとさをとらえて、「雀百まで踊り忘れず」か、「三つ子の魂百まで」か。英語では「嚙む馬はしまいまで嚙む」というらしい。もう少し被害者の怒りを反映させようと思ったら、「鼠壁を忘る、壁鼠を忘れず」という中国の格言が合いそうだ。嚙んだ鼠はさっさと忘れるが、嚙まれた壁は怨みを忘れない。

怨みを忘れない、ということを一番よく表しているのが、ラクダにまつわるアラブの逸話だ。ラクダは酷い仕打ちをされてもすぐには怒らない。だが、夜になるとそうっとテントに入ってきて、ひどいことをした乗り手が寝ているところを静かに押しつぶす。この話は、複数のアラブの友人から聞いた話だが、諺か格言でもあるかと思ったら、見つからなかった。そのかわりに、象も同じく気が長いらしい。「象は決して忘れない」という英語の諺が見つかった。

この諺は、アガサ・クリスティーの小説のタイトルにも使われている。クリスティーといえば、『オリエント急行殺人事件』や『ナイルに死す』でもわかるように、イギリスが植民地支配していた時代の中東を頻繁に訪れている。さらに再婚した夫君は、イラクなどの遺跡を専門にする考古学者だ。その夫君が発掘に尽力したニムルド遺跡は、二〇一五年にISによって破壊された。一〇年前のイラク戦争どころか、一〇〇年前のイギリス支配をも「忘れない」、凶暴な象が中東を跋扈している。

……なんてパクリまがいの文章を書いていたら、きっと米原さんにあの世から、「なんて下手くそなの！　もっと筆力をつけなさい！」と、お叱りを受けることだろう。いや、米原さん、米原さんの諫言を聞かずにここまで事態を深刻化させた、世界の政治家たちをバシっと叱ってくださいよ。

（さかい　けいこ／千葉大学法政経学部教授・中東政治研究）

『他諺の空似　ことわざ人類学』　二〇〇九年五月　光文社文庫

中公文庫

他諺《たげん》の空似《そらに》
――ことわざ人類学《じんるいがく》

2016年5月25日　初版発行

著　者　米《よね》原《はら》万《ま》里《り》

発行者　大橋善光

発行所　中央公論新社
〒100-8152　東京都千代田区大手町1-7-1
電話　販売 03-5299-1730　編集 03-5299-1890
URL http://www.chuko.co.jp/

DTP　嵐下英治
印　刷　三晃印刷
製　本　小泉製本

Published by CHUOKORON-SHINSHA, INC.
Printed in Japan　ISBN978-4-12-206257-3 C1195

各書目の下段の数字はISBNコードです。978－4－12が省略してあります。

中公文庫既刊より

よ-36-1
真夜中の太陽
米原万里
リストラ、医療ミス、警察の不祥事……日本の行詰った状況を、ウイット溢れる語り口で浮き彫りにし今後のあり方を問いかける時事エッセイ集。〈解説〉佐高信
204407-4

よ-36-2
真昼の星空
米原万里
外国人に吉永小百合はブスに見える？　日本人没個性説に異議あり！「現実」のもう一つの姿を見据えた激辛エッセイ、またもや爆裂。〈解説〉小森陽一ほか
204470-8

あ-60-1
トゲトゲの気持
阿川佐和子
襲いくる加齢現象を嘆き、世の不条理に物申し、女友達と笑って泣いて、時には深ーく自己反省。アガワの真実は女の本音。笑いジワ必至の痛快エッセイ。
204760-0

あ-60-2
空耳アワワ
阿川佐和子
喜喜怒楽楽、ときどき哀。オンナの現実胸に秘め、懲りないアガワが今日も行く！　読めば吹き出す痛快無比の「ごめんあそばせ」エッセイ。
205003-7

い-35-17
國語元年
井上ひさし
明治七年。「全国統一話し言葉」制定を命じられた文部官僚は、まず家庭内の口語統一を試みる。しかし屋敷中が大混乱に……大好評を博したテレビ版戯曲。
204004-5

い-35-18
にほん語観察ノート
井上ひさし
ふだんの言葉の中に隠れている日本語のひみつとは？「言葉の貯金がなにより楽しみ」という筆者のとっておき。持ち出し厳禁、言葉の見本帳。
204351-0

い-35-19
イソップ株式会社
井上ひさし
和田誠 絵
夏休み。いなかですごす二人の姉弟のもとに、毎日届く父からの手紙には、一日一話の小さな「お話」が書かれていた。物語が生み出す、新しい家族の姿。
204985-7

い-35-20
十二人の手紙
井上ひさし
転落した修道女の身も心もボロボロの手紙や家出少女の手紙など、手紙だけが物語る笑いと哀しみがいっぱいの迫真の人生ドラマ。新装改版。〈解説〉扇田昭彦
205103-4

い-35-23
井上ひさしの読書眼鏡
井上ひさし
面白くて、恐ろしい本の数々。足かけ四年にわたり新聞連載された表題コラム34編。そして、藤沢周平、米原万里の本を論じる、最後の書評集。〈解説〉松山　巖
206180-4

い-95-1
マッターホルンの空中トイレ
今井通子
大自然の中でも生理現象は待ってくれない！　登山中や旅先で遭遇した様々なトイレ問題をユーモアたっぷりに紹介する異色エッセイ。〈解説〉藤井理行
203666-6

こ-55-1
ことば汁
小池昌代
詩人に仕える女、孤独なカーテン職人、魅入られた者たちが、ケモノになる瞬間……モノクロームの日常から、あやしく甘い耽溺の森へ誘う幻想短篇集。
205589-6

す-24-1
本に読まれて
須賀敦子
バロウズ、タブッキ、ブローデル、ヴェイユ、池澤夏樹……。こよなく本を愛した著者の、読む歓びが波のようにおしよせる情感豊かな読書日記。
203926-1

た-15-4
犬が星見た　ロシア旅行
武田百合子
生涯最後の旅を予感した夫武田泰淳とその友竹内好に同行し、旅中の出来事や風物を生き生きと捉え克明に描く。読売文学賞受賞作。〈解説〉色川武大
200894-6

た-46-4
旅は道づれアロハ・ハワイ
高峰秀子
松山善三
住んでみて初めてわかるハワイの魅力。ホノルルに部屋を借りて十年、ひたすらハワイを愛するおしどり夫婦が紹介する、夢の島の日常生活と歴史と伝統。
205567-4

た-46-5
旅は道づれガンダーラ
高峰秀子
松山善三
炎暑の沙漠で過ごした日々は、辛かったけれども無性に懐かしい。映画監督と女優の夫妻が新鮮な感動を綴るパキスタン、アフガニスタン旅行記。〈解説〉加藤九祚
205591-9